柳橋ものがたり

船宿『篠屋』の綾

森 真沙子

時代小説

二見時代小説文庫

目次

第一話　十三夜《じゆうさんや》　7
第二話　こんな所にも花びらが……　85
第三話　満天丸《まんてんまる》　140
第四話　秘めごと　187
第五話　雪女の話　224
第六話　酒乱斎　258

柳橋ものがたり——船宿『篠屋《しのや》』の綾《あや》

第一話　十三夜《じゆうさんや》

一

綾《あや》が、両国《りようごく》にある口入屋《くちいれや》『内田《うちだ》』に足を運んだのは、遅咲きの彼岸花《ひがんばな》が咲く、カラリとした秋晴れの午前《あさ》だった。

「堅気《かたぎ》で、住み込みで、お給金がよい所……」

と希望を並べたてると、親身《しんみ》らしく頷いて聞いていた坊主頭の内田主人は、ぱらぱらと帳面をめくっていたが、やがてある頁を指で示し、きっぱりした口調で言った。

「それなら、柳橋《やなぎばし》の船宿『篠屋《しのや》』しかありませんや」

船宿と聞いて、少し迷っている綾に、

「いえ、色気抜きです。あたしゃ無学で詳しいこたァ分かりませんが、船宿は堅気の商売ですから。年は二十五、六までとなってますがね。あんた、八？　なら大丈夫。そなに、矢之倉《やのくら》の内田からと言ってくれりゃ、年の一つ二つは……え、場所ですか。この柳橋に立って、川下《かわしも》を見てご覧なせえ。目の前に看板が見えてます」

腰は低く愛想もいいが、ウムを言わせずまくしたてる。

綾は店を出るとその足で、静かな薬研掘《やげんぼり》を抜け、賑やかな広小路《ひろこうじ》を渡って、生まれて初めて柳橋に立ってみた。

川下を見ると、そこに広がっているのは、川の出口の風景だ。

江戸のほぼ真ん中を流れ下ってきた神田川《かんだがわ》の、最下流にかかるのが柳橋である。出口の向こうには、広々した大川《おおかわ》が、秋陽を眩《まぶ》しくきらめかせうねり流れている。

河口まで続く南河岸《がし》には、船宿が何軒も軒を連ねているが、屋根に掲げられた『御船宿　篠屋』の看板は、どこよりも目立った。

綾は、紺《こん》もめんの風呂敷包みを抱え、張りつめた顔で佇《たたず》んだ。

柳橋は、江戸一番の人気を誇る花街《かがい》への入り口だが、想像したような艶《なまめ》かしい柳の木はどこにもにない。

橋のたもとには丈《たけ》の高い薄《すすき》が茂っていた。

（薄は魔除けの草で、風景は末広がり……これは〝大吉《だいきち》〟だ）

と綾は、無理やり縁起《えんぎ》をかついだ。

身元調べや保証人が必要ではなく、二十八までとうが立っても使ってくれる所、接客はしないが、給金は多い……となれば、このご時世、この船宿しかないだろう。

『篠屋』は、船着場から狭い通りを挟んで建っていた。

切り石三枚分ほど通りから引っ込んでいて、玄関前には一群れの彼岸花が咲き、そのそばに薄《すすき》の穂が揺れていた。

勝手口を探してきょろきょろしていると、ガラリと表戸が開いて、洗い桶を抱えた若い女が出て来た。

「あれ、どちらさん」

言いながらその女は、上から下までジロジロと目を走らせた。

「すみません、わたし、目見え《めみ》（試用）の女中ですけど、どこから入ったらいいのか分からなくて」

「あ、目見えの……」

女は軽く頷いて、横の路地を顎《あご》でしゃくった。

「そこの勝手口から入ったら」

顔は色白の丸顔、唇はぷっくりして見た目は愛らしい。二十歳を越えてはいないだろうが、その態度や物言いは、年齢より十は老けて感じられる。

その時、玄関の奥から、歯切れのいい女の声が飛んできた。

「意地悪お言いでないよ、お波《なみ》。表から入ってもらっておくれ」

「…………」

お波と呼ばれた女は肩をすくめ、呟《つぶや》いた。

「地獄耳だね、あのおかみさんは」

玄関に踏み入ると、莨《たばこ》の煙の匂いが鼻につく。

式台《しきだい》のついた上がり框《かまち》が、コの字形に土間《どま》を囲んでいて、その板の間の右側に階段があった。正面には衝立《ついたて》があり、その向こうの半開きの襖《ふすま》から、莨の煙が流れてくる。

「帳場はここだよ、ずいっとお入りな」

その座敷から再び声がした。おそるおそる上がると、長火鉢《ながひばち》に丸髷《まるまげ》の大年増《おおどしま》がもたれて、煙管《きせる》を燻《くゆ》らせていた。

「両国矢之倉の内田から参りました、綾と申します」

内田は、芸妓を主に扱う口入屋である。

畳に両手をついて挨拶すると、相手は頷き、切れ長な目で値踏みするように綾を見つめた。

「あたしは〝れん〟、暖簾《のれん》の簾と書くの。〝あや〟ってどんな字?」

とそばにあった紙と、墨汁《ぼくじゅう》をつけた筆を差し出した。綾はすぐに筆を取り、綾という字を大きく記した。

「ふーん、字ィ書けるんだ。あんた、しろとさんだね。どうしてうちに来る気になったの?」

「はい、あの……」

他より給金がいいから、とは言いかねた。

柳橋の船宿は、普通とは少し趣《おもむ》きが違う。

猪牙舟《ちょきぶね》を頻繁に出して、吉原《よしわら》行きの遊客を手軽に運ぶ。また花火といい月見といって屋根船に遊興客を乗せ、大川にくり出して行く。

その二階では小料理を供し、気軽な酒食や、芸妓を呼んでの宴会に使われる。宿泊も出来て、芸者との密会にも重宝《ちょうほう》されていた。

その辺を含んでの給金だと、綾は心得ていた。

「わたしはこれといった芸もございませんが、下働きなら何とか……と申したら、こちらを紹介されたのです。とりあえず四、五日、目見えで置かせてもらったらどうかと」

「内田がそう言ったの、ふーん。じゃ……居てみたら」

綾のためらいなどお構いなく、あっさり言った。

「とりあえず十三夜までね。寝る所と、三食の賄《まかな》いは保証します」

少し太めだが、化粧美人といえるだろう。肩や腰にこってり脂《あぶら》がのっていて、丸やかで、なかなか色気もあった。その長めの目と唇はよく動き、発せられる声は金属的で若々しい。

四十にあと三つくらいか……と綾は考えた。

お簾は年齢も確かめず、家族も訊かずに、いきなり問うた。

「あんた、もしかして武家の出？」

「えっ……」

と綾は戸惑い、曖昧《あいまい》に首を振った。

「いえ、別にどうでもいいんだけどね。ただこの節、これまで、何をしてたのかなと思って」

〝この節〟とはペリー来航から十三年後の、慶応《けいおう》二年（一八六六）九月のこと。

長州《ちょうしゅう》戦のさなかに総大将家茂《いえもち》が亡くなり、いまだ次期将軍は決まっていない。主を欠いた江戸市中は荒れていた。

内戦と凶作が重なって、米の値段が急騰し、打ち壊しや押し込み強盗が頻発《ひんぱつ》していた。町人ばかりでなく旗本御家人も窮乏し、娘の身売り話が後を絶たなかった。

そんな素人《しろうと》娘は、伝統に縛られる吉原よりも、新興の柳橋に入りやすい。お客もそれを喜んだから、武家の娘が多く柳橋に流れたのである。

（わたしも、そう見られたんだわ）

と綾は思った。たしかにその通りではあったが、身売りしたわけではないのだ。それに、身の上話はしないことにしている。

「何をって、商家の下働きとか、店番とか……」

「ふーん、そう」

お簾はそれ以上は訊かず、襖の方に首をねじ曲げた。

「ねえ、お前さん。今、新しい女中《ひと》が来てるの。品《ひん》がよくて良さげだから、ちょいと見ておくれな」

「……おれは出かけるから、後で」

とどこからか太い中年男の声がした。

「後でって、お前様、お帰りはいつなんだい。最近の人はすぐ辞《や》めちゃうから、間に合わないかもしれないよ」

「任せる」

言ったきり、遠慮のない足音が、どしどしと勝手口と思《おぼ》しき方に歩いて行く。この帳場は、勝手口にも通じているらしく、部屋のすぐ向こうから下駄《げた》の音が出て行った。

足音が遠ざかると、お簾は何事もなかったように向き直った。

「あれが主人の富五郎《とみごろう》、あたしは前は柳橋の芸者だったんだけど……」

と肩をすくめ、この宿の説明を始めた。

二階は六畳と、二部屋ぶち抜きの大座敷があり、二十人くらいは詰め込める。二階担当の仲居は〝上〟、一階の雑用係は〝下〟と呼ばれる。

「あんた、どっちがいい」

「わたし、〝下〟がいいです」

急いで言うと、無表情だったおかみの顔が、少し柔らいだ。

「〝上〟は心付けが入るんで、皆やりたがるの。でもうちは船宿だし、あんたみたいな人がいいんだよ……。いつからやれる？」

「はい、今日からのつもりです」

着替えを包んだ風呂敷包みを見せると、お簾は機嫌よく頷いた。

「それがいいね。うちの船頭は常雇いが五人で、腕には定評がある。風が吹いても篠屋の舟は揺れないって……。でも荒くれ揃いなんで、ちょっかい出さないこと。惚《ほ》れたはれたで、殺されかけた女中がいたからね。船頭部屋の掃除は、朝のうちにすませておしまい」

厨房は、薪三郎《しんざぶろう》という調理人が切り回す。

台所女中のお孝《たか》は、三度の賄いと洗いものが専門だ。

その娘で、十一になる民江《たみえ》は、客の足洗いとお運び。十九になる倅《せがれ》の千吉《せんきち》は手代だが、北町奉行所配下の下っ引を兼業していた。

この奉公人のほとんどが、裏店《うらだな》の長屋から通《かよ》っていて、住み込みの女中は今のところお波だけ。そこに今日から綾が加わる。

二

カサカサ、カサカサカサカサ……と、かき分けてもかき分けても先は見えない。背丈より高い薄が、どこまでも群生している。

胸苦しさに、もがくようにして目が覚めた。ああ夢だった、と安堵したのも束の間、カサカサとその音はなおも続いている。

身体をこわばらせて耳をすますうち、すぐ正体が知れた。

隣の床《とこ》で眠るお波の、枕の音らしい。そういえば、ソバ殻《がら》入りの括《くく》り枕に、何かの固い包み紙を無造作に巻いて使ってたっけ。寝返りを打つたびに、その音が深夜の静寂にやけに響くのだった。

「火の用心さっしゃりませ……」

という声と拍子木《ひょうしぎ》の音が、遠くを過ぎていく。これが台所横の四畳半で迎えた『篠屋』での第一夜だった。

二日めにはいろいろなことを知り、すぐに馴れた。

お簾の人使いの荒さは抜群だったし、夜中に厠《かわや》に向かう廊下には灯りひとつなく、恐ろしいほど真っ暗だ。夜ふけに汚い猫がどこからか帰って来て、夜具の裾に丸まって眠るのも変な気がした。

だが猫にはすぐに馴れたが、お波の鼾《いびき》とあの枕の音には馴れそうにない。

また奉公人の顔が、なかなか覚えられなかった。この日、使いの帰りに見覚えのない人に挨拶され、戸惑っていると、

「あら、いやだ、あたしは篠屋の台所ですよ。今朝も会ったでしょ」

と言われた。この台所女中は地味だが、おばさんと皆に呼ばれる働き者だった。四十二、三らしいが、痩《や》せて小柄で色黒のせいか、五十以下には見えない。

主人富五郎は、声だけ聞いたが、まだ顔は見ていない。

お波の話では、あの旦那様は夜昼が反対だという。

「毎日お昼までお寝《やす》みで、起きるとすぐお出かけなの。長唄とお三味線《しゃみせん》のお稽古があるし、両国の寄席《よせ》、猿楽町《さるがくちょう》のお芝居と掛け持ちで……おまけにコレもいるんだよ」

と若い女らしくもなく小指を立てた。

色町に入り浸って二、三日帰らないこともあるが、大抵は夜更けに帰って帳場に詰め、当直の船頭らと博打《ばくち》に興《おこ》じているという。

『篠屋』は曽祖父が興したが、父親の代に遊蕩で破産、鑑札は他人の手に渡った。それを買い戻したのが富五郎だったが、今はまた借金を増やしているのだとか。

「船宿は繁盛してるのに、旦那のせいでいつも火の車。でも有名なお客さんが多いのも、あの旦那の顔なんだって」

今をときめく噺家《はなしか》の三遊亭円朝《さんゆうていえんちょう》や、新進の浮世絵師月岡芳年《つきおかよしとし》が、この宿の常連だと綾は初めて知った。

三日めの朝――。

麦飯と、ワカメの味噌汁と、大根の古漬けの賄い飯をさっさと食べ終えて、綾は井戸端に出た。襷《たすき》がけでじゃぶじゃぶと洗濯を始めたが、裏庭のどこかで、誰かの叫ぶ声がする。

「誰かァ、誰か来ておくれ」

どうやらおかみさんの声だ。綾は洗濯物を放り出し、日当たりのいい南の庭に飛び出した。お簾が真っ青な顔で指さす物干竿《ものほしざお》を見て、飛び上がりそうになった。

灰色の長いものがぐるぐる巻き付いている……。

「ひいっ！」

整えたばかりの髷が逆立ちそうな恐怖を覚えた。この世に生息するもので、もっとも嫌いな生き物だ。

「おお、こわ……オロチだ、オロチだ」

とお簾は逃げ腰で声を震わせる。

「綾さん、早く追っ払って！ あたしゃ、気味悪くて、もう、鳥肌がたって仕方ないよ」

まだ素っぴんのその顔は青ざめて、朝の陽に皺《しわ》が浮いて見えた。

「わたし、だめです、誰か男の方を……」

綾が顔をそむけて手を振ると、お簾は叫んだ。

「だめだめ……。朝のこの時間、この家で起きてるのは女だけ。男衆は一人もいないと思って。あたしゃ、お化けも怖くないけど、長ものはだめなの！」

「おかみさん、そこの番所で誰か呼んできますかね」

少し離れた所で、一歩も動かずに見ていたお孝が言う。

「ばか、蛇ごときで恥ずかしいじゃないか。千はどうしたの？」

「それがどこにもいなくて……」

「……ッたく千吉のやったら、大事な時は居たためしがない！」

ぼやくように言って姿を見せたのは、お波である。

それでも庭に下りて、目をつぶって見ないようにしながら、シッシ……と竿を揺すった。敵はビクともしないばかりか、急に鎌首をもたげる。

「ヒッ、む、向かってくるよ、誰か！」

お簾が悲鳴を上げると、お波は縁側まで逃げた。

それが気付け薬になって、綾はやっと気を取り直した。

蛇一匹でこの騒ぎとは、何という頼りない連中だろう。自分がやるしかない。そう思い立つや、やおら襷を肩から外しながら、叫んでいた。

「波さん、大至急、仏壇からお線香を持って来て！」

「お、お線香？　何本？」

「一束よ！　おかみさん、何か棒はありませんか」

お簾はすぐ、近くから、短めの釣り竿を探し出して来た。

お波は仏壇から、線香を箱ごと持って来る。ところが綾は慌てていたため、縁側から差し出された線香の箱を受け損ね、線香がザザッ……と縁側にぶちまけられた。

綾は頭に血が昇りつつも、一束分を片手でわしづかみにして、竿の先に襷のヒモで結わえ付ける。それを手にして、お孝に渡した。

「お線香に火をつけて！　早く！」

心得たお孝は、棒の先を竈《かまど》の残り火にあぶって、線香に火をつける。

まだ綾に実家があったころ、たまに庭先に蛇が出たものなのだ。そんな時、母親代わりだった祖母が教えてくれた。蛇は線香の煙が嫌いだから、追い払うにはこれが一番……と。

線香が白く燻《くすぶ》りだすと、綾はすぐに庭に戻って、棒の先を恐る恐る蛇の鼻先に近づけ、ぐるぐると回した。

「それ、あっちへお行き、あっちへお行き！」

なるほど、煙を鼻先に充満されて、敵は急に元気を失った。そのうちドタリと下に落ちたのである。

「キャッ」

お波とおかみは飛び上がり、金切り声を上げた。一間《けん》以上はありそうな、灰色に黄色が段だらに混じった大蛇が、草むらににょろにょろと這い込んで行く。

ところがその時、蛇に向かって、どこかから石礫《いしつぶて》が飛んで来た。

現れたのは、やせ形でひょろりとしているが、真っ黒に日焼けした若者、お孝の倅の千吉である。

篠屋の手代とは名だけで、めったに姿を見せない。岡っ引亥之吉《いのきち》親分の下で、下っ引として動き回っているのである。

石投げの名人で、人呼んで〝水切りの千吉〟。水切りとは、平たい石を水面すれすれに飛ばし、着水してぴょんぴょんと水を切る回数を競うものだが、千吉はこの大会で何度か優勝しており、最高の水切り回数は〝九十回〟という。

今、千吉の投げた石は、見事に胴体の真ん中に命中した。蛇は飛びはね、気味悪い白い腹を見せてのたうち回っている。続いて二発めが頭部に命中し、大きくうねった。割れた頭から、赤い血が流れ出る。皆は凍りつき、固唾《かたず》をのんで見守っていると、近くで野太い声がした。

「いたぶるのはやめろ！」

一斉に声の方を見ると、いつからいたのか、六尺豊かな大男が、やや離れた所に立っている。船頭がしらの磯次《いそじ》だった。目はぎょろりとし、肌は赤銅色《しゃくどういろ》で、がっしりと筋肉が盛り上がった四十男である。

「……けど、親方、こいつ、秋口になるとよく出て来やがるんでね」

と千吉が憎々しげに、三つめの石をいじりながら言った。

「この辺を縄張りにしやがって、目障《めざわ》りでなんねえすよ」

「殺すも生かすも勝手だがな。生殺《なまごろ》しはいかん、後で祟《たた》られるぞ。殺《や》るなら一思《ひと》いに殺って、川に流してやれ」

「……へい、分かりやした」

祟ると聞いてか、千吉は肩をすくめ、意外に素直に従った。

まだうねっている蛇を棒ですくい、川の方へ運んで行く。

磯次は、呆然と突っ立っている女たちに目もくれず、母屋の方へ大股で歩き去った。

ふうっと綾は溜息をついた。

あの磯次が口をきくのを見るのは初めてだった。一度は挨拶したのだが、返事はなかった。この宿では女中がよく変わるらしく、数日で居なくなる新米なんぞ相手にしないのだろう。

「鶴亀鶴亀、厄落《やくお》としだよ……」

お簾は両腕をさすって誰にともなく呟き、そばの綾に眼を止めた。

「ああ、あんた、ありがと。あたしはへの字がダメなんだよ。そうそう、今夜も、お帳場を手伝っておくれね」

言うだけ言うと、さっさと母屋に引き上げて行った。

三

十三夜が迫っていた。

この花街では、お月見は大事なかき入れ時だった。

芋《いも》の収穫期にあたる八月十五夜は〝芋名月〟、九月十三夜は〝栗《くり》名月〟といわれるが、この両方見るべし。片方しか見ない〝片月見〟は縁起が悪い、と街をあげ、鉦太《かねたい》鼓《こ》で客を呼ぶのである。

『篠屋』はすでに、月見船とお座敷の予約で一杯だった。

だがここは、ほとんど人手が足りていないと、綾は見てとった。

二階の客は、来る時はどっと来て十人近くになるが、それをお波ひとりで捌《さば》いている。お客が来れば、おかみはその応対に追われるが、その上、座敷のお客についてはその詳細を聞き、幕府へ報告する義務があった。

民江が客の足を洗う間に、そばに座って名前・肩書き・呑み会の目的などを聞きだし、宿帳に記す。

これがお簾には、面倒でたまらない。

難しい字を書くのが苦手だし、客に会の目的を問えば、〝野暮《やぼ》なことを〟といなされる。そんな野暮を、阿吽《あうん》の呼吸でこなすのが富五郎の特技だが、最近は顔を見るのも稀《まれ》だった。

何とかしなくちゃと思いつつ、毎日、出たとこ勝負でこなしているだけ。そんなところへ、字が書ける恰好の女中志願者が現れたのだ。

綾にしてみれば、接客が苦手という引け目がある。

だが目見え第一夜から帳場に呼ばれ、筆記を託されたことに、微《かす》かな自信を感じ始めていた。記録すること、それが自分の特技になるかもしれない、と。

翌十一日はカラリとした秋晴れだった。

十三夜までは二日あるが、もう月見の宴は始まっていた。篠屋の屋根船は今夕、二艘とも早々と出払った。船を借りた料亭の桟橋に横付けになり、陽があるうちに酒と料理を積み込み、お客や芸者も乗せてしまうのだ。

東の空に月が昇るころは、芸者のつま弾く三味線の音を流しながら、船は大川に浮かんでいるという仕掛けだ。

二階座敷も満席で、月が輝きを増し、船宿に灯る提灯《ちょうちん》が闇に浮き上がると、すでに二組の客が猪牙舟で吉原に繰り出して行った。

すべてがうまく運んでいるように見えた。

「ちっ、しょうがないねえ」

お簾の舌打ちが聞こえたのは、五つ（八時）の鐘が鳴った時である。

「予約のお客が、来ないんだよ」

予約は暮《くれ》六つなのに、まだ姿を見せないという。

この客はさる門跡寺《もんぜきでら》の寺侍《てらざむらい》で、篠屋の常連だった。

そのご指名で招《よ》んでおいた馴染《なじ》みの芸者は、昨日になってお座敷の都合がつかなくなったと、断ってきた。それを客に伝えると、構わないから、部屋はとっておいてほしいという返事だったのだ。

その芸者は客と〝ねんごろ〟な仲だから、客だけ先に呑んでいて、女はお座敷が終わってから来るのだろう、とお簾なりに考えた。

ところがそのお客も現れず、未だ何の断りもないのである。

「断りなしにお客様がすっぽかしたら、どうなります？」

と綾は新米めいて問うてみる。

「悪質な場合は、後でお代を戴《いただ》きます。それも出さなかったら、柳橋の船宿組合に訴えれば、回状を回してお出入り禁止にしてくれる」

「お部屋は……？」

「むざむざ一晩は空けちゃおかないよ。もう少したつと、近くの『花之井《はなのい》』なんかのお茶屋から、空室の問い合わせが来るからね。そこらで見限って、客を入れてしまうわけ」

そんな話をしている時、裏の勝手口の開く音がした。

料亭からの部屋の予約か、それとも船頭が帰って来たか、とおかみは耳をすます気配である。すぐに低い足音がして、勝手口側の襖がスッと開いた。

そこに立った人を見て、お簾はギョッとしたようだった。

黒木綿《もめん》紋付のぶっ裂き羽織に、黒っぽい縦縞《たてじま》の袷《あわせ》、小倉の袴《はかま》……。まるで役者絵になりそうな、端正な武士だった。

全身に水の匂いを漂わせていて、川辺を辿ってきたらしい。

「あれ、まあ、梶原《かじわら》さま、お待ちしておりました……」

手早く居住まいを正しながら、お簾は立ち上がる。

行灯《あんどん》の明かりの中でも、男が殺気だっているのが分かった。鼻筋の通ったその細《ほそ》面《おもて》は真っ青で、切れ長な目は吊り上がっている。

「まだ、いいか？」

と梶原と呼ばれた侍は、二階を指差した。

「もちろんですとも。座敷はちゃんと取ってございますが、一体どうなされました」

「追われてる」

追われてるって？　だ、だれにです」

「分からん。すぐにも追っ手が来よう、急いでくれ」

「はい、お波、急いでお支度を」

「まず酒を頼む。それから、おれはずっと座敷にいたことに……」

「承知しました。さあ、裏からお急ぎを」

お簾に促され、また勝手口側から出て、裏階段に回った。

階段を上がっていく音を、仁王立ちのままでじっと聞いて、お簾はやおら綾に向き直った。

「綾さん、ぼんやりしてないで、あんたもお座敷に上がっておくれ」

「わたしが、どうして……？」

「湯文字《ゆもじ》ひとつで、梶原様の床《とこ》に入るんだよ」

「ええっ、ど、どういうことでしょう」

「上だけ裸になれば、それでいいの。梶原様は宵《よい》の口からずっとお座敷にいて、今は馴染みの芸者とお床入り中……そう見せればいいの。さ、さ、急いで！」

せき立てられ、帳場を押し出された。

勝手口側から出た時、玄関で荒々しく戸の開く音がした。続いてどやどやと、土間に踏み込んでくる複数の足音……。

「まあ、これは大勢様で！」

と迎えに出たおかみの、愛想のいいきんきん声が聞こえてくる。

「あいにく満席でございます。御予約がなければお席をお作り出来ませんが、こちらで少しお待ち頂けたら……」

「客ではない。たった今この宿に、不審者が逃げ込んだ。改めさせてもらう」

「ええっ？　うちは呑み屋でございますから、どうぞお平《たいら》に。今申した通り、今夜は予約のお客様だけで、蟻《あり》の子一匹入っちゃいませんよ。入ったと見せて、横の路地を抜けたんじゃありませんか？　そもそもお武家様たち、一体どちら様でございます？うちはお上《かみ》の鑑札を受けていて、奉行所のお役人はよく存じて……」

癇性《かんしよう》な口調で言いかけ、お簾は口を噤《つぐ》んだ。侍たちの陣笠の家紋が、目に入ったのである。〝扇に月〟……これは柳橋では上得意の、秋田《あきた》藩佐竹《さたけ》屋敷だろう。すぐ目と鼻の先である。

「自分らは近くの佐竹屋敷の者。説明はあとだ、かかれ……」

と男は吠えるように言い立て、背後に合図する。数人の男が階下と二階の二手に分かれ、なだれ込んで行く。綾は大慌てで裏階段を上がろうとすると、お波が上から駆け下りてきた。

「急いで！　今お座敷に踏み込んだみたいよ」

すれ違いざまお波が囁き、綾は夢中で階段を駆け昇った。

四

「お部屋改めでござる！」

声とともに奥座敷の襖がガラリと開いた時、綾は衝立の陰の床《とこ》であらわな肌を見せ、梶原京之助《きょうのすけ》なる男と抱き合っていた。

「狼藉《ろうぜき》もの！」

梶原は叫んで跳ね起きるや、わざと衝立を蹴倒した。

先頭の男が差し向けた手燭《てしょく》の明かりで、あられもない男女の姿が照らし出された。

梶原は襦袢《じゅばん》を羽織っただけで床に膝立ちし、女は真っ白な胸をむきだしにし、腰から下に湯文字を巻いた姿で丸まっていた。

それだけで警備の侍は、血が昇ったらしい。

「やっ、こ、これはご無礼を！」

と上ずった声を上げ、一瞬で襖を閉めた。ドドドッ……と足音はそのまま、裏階段を下っていく。梶原はドタリと床に仰向《あおむ》けになった。

「戻って来るかもしれんから、もう少しここにいてくれ」

綾は返事もせず、男に背を向ける。陽を浴びた枯れ草にも似たその体臭が、ふと胸苦しくなったのだ。

じっと丸くなって考えていた。この船宿は断ろう、と。

二十八にもなって、おぼこ娘のように目くじらたてるわけではない。突発的にこんな事態になって、客を助けるため、おかみとしては気のきいた判断をしたと思う。

だがそうは頭で解っても、何やら割り切れないものがある。ここは自分には合いそうになかった。

綾が部屋を抜け出してから、梶原京之助はしばらく一人で酒を呑み、辺りが鎮まるのを見計らって、秘かに帰って行った。

過分に心付けを置いて行ったらしく、おかみは綾を帳場に呼び、機嫌よく一朱銀をくれた。

「少ないけど、口止め料と思ってね。こんなこと、そうあるわけじゃないんだから、安心おし」

とお簾は、綾の胸の内を読んだように言った。

「あの佐竹屋敷の方たちも、帰りに宿帳を見て、納得してお帰りだったよ。梶原様はあの部屋に、暮六つから上がっておいでだったんだと。揉め事にならなくて本当に良かった」

「佐竹屋敷って、どこにあるんですか？」

「すぐ近くの三味線堀だよ。秋田藩の江戸屋敷でね、柳橋じゃ大事なお得意様なのさ」

秋田藩二十一万石の威を見せつけるように、その屋敷は豪壮な三階建てだった。藩主佐竹侯の名から〝佐竹屋敷〟と呼ばれている。

代々の藩主は粋人で聞こえ、柳橋を贔屓《ひいき》にしてきた。

「実はね、ここだけの話……」

とお簾は声をひそめる。

「今日うちの船で、少し早めの観月会をされたお客様は、その佐竹のお殿様なんだよ」

「へえ？」

「それは宿帳には書かない、秘密のお客様……」

船を借りたのは料亭『松柏《しょうはく》』だが、主催した亭主は蔵前《くらまえ》の材木問屋・樽屋《たるや》善兵衛《ぜんべえ》。

その客人は、つい先だって秋田から江戸入りしたばかりの現秋田藩主、佐竹義堯《よしたか》というのだ。

「十三夜は、大川は混雑するからね。船でいっぱいで、水面も見えやしない。早くから場所取りするんで、よその船と喧嘩になることもあるの。最近は秋田藩も物騒なことが多いらしいから、安全のため少し早めたってわけ……」

佐竹侯は、頭巾で顔を隠しての単独のお忍びだったが、もちろん船が游覧する川岸には、警固兵が少なからず配されていた。

藩主をつけ狙う過激派が江戸まで追って来ているとの情報も飛び交って、身辺警固にピリピリしていたらしい。

「運悪く、その警戒網に、梶原様は引っ掛かったのね。帰りがけに、あの方たちから聞いたんだけど、料亭近くの川岸を、うろうろしていなすったんだって」

藩兵が怪しんで誰何《すいか》すると、〝月を見ている〟と答えたという。

だが着物を検《あらた》めようとしたとたん、隙を見て逃げだした。この船宿の近くまで追いかけたが、不意に姿が消えたという。

「そりゃそうよね、ここに逃げ込んだんだもの」

「でもなぜ、川岸なんかにいらしたんでしょう?」

思わず綾が問うと、お簾は急にけたたましく笑いだした。

目も唇も横に長く吊り上がっていた。笑うとその顔は、どこか怪鳥めいて見える。

「そんなこと、あたしの知ったこっちゃない」

「…………」

「言っとくけどね、余計なことを知りたがるのを、野暮天《やぼてん》ていうの。うちみたいお商売は、他人様《ひとさま》の隠し事の上に成り立ってるんだからね。秘密が守られてこそ、お客様は安心して来てくださるわけ」

(それはそうでしょうとも……)

と綾は思う。実を言うと、お簾に言いそびれたことがあるのだった。

同衾《どうきん》を装うため座敷に入った時、行灯の灯りで、男の枕元にあるものが目に入った。

これまで見たことはないが、それが短銃というものだろうと察しはついた。

梶原はすぐに、それを床の下に隠したが、騒ぎが収まって綾が床を抜け出そうとした時、再び取り出したのである。

「ねえさん……」

と言われた時は、ギョッとして体が強《こわ》ばった。

「突然ですまないが、これを預かってもらえんかな」

「えっ?」

綾は面食らい、短銃と梶原の顔を交互に見た。

「あ、あの、それは困ります。わたしは、目見えの身でございますから」

「目見え？　見習いか」

「いえ、お試しですから、不採用になることもございます」

「お試しか……ふむ」

と梶原は初めて笑みを浮かべ、切れ長な目で改めて綾を見た。

「……それに、仮にお預かりしても、隠しおおせられる場所を存じません」

「ああ、誤解してもらっては困る。これは、いわくつきのものではないぞ。ただの護身用で、まだ一度も使っておらんのだ。持ち歩いても構わんが、これを所持しておると、最近はあらぬ疑いをかけられる恐れがある。今夜この帰りに、また検問に引っ掛かかったら厄介だ」

綾は黙って、疑わしげな目で相手を見ている。

「すぐに取りに来るとしたら、どうかな。そうだ、明後日は十三夜だから、夕方、呑みに来るとか。その時までいてくれれば……いや、万一あんたが辞めることになったり、おれが来れなくなったら、川に捨ててくれても構わんよ」

どう言われても、こんな物騒な物に関わりたくないという気持ちが強い。この船宿は十三夜限りで辞めるとして、その先の勤めを考えると、揉め事とは無縁でいなければならないのだ。

綾はそう思って梶原を見つめたが、相手も何か思惑があるらしく、短銃を手にしたまま、じっと見返してくる。充血したその目には、軽い口ぶりとは裏腹に、何か必死なものが感じられた。

（たった二日、預かるだけじゃないの）

と綾はふと思った。着替えを包んだ風呂敷が思い浮かび、あの中なら隠しておけそうだと。たった二日のことなのだ。

相手の強い眼差しにつられるように、綾は小さく頷いていた。

だが……。

いざ包みを受け取ってみると、それは見かけよりずしりと重かった。その重さが、何かしら不安をそそる。

大川端で、こんな物騒なものを持って船を窺《うかが》っていた梶原は、何をする気だったのだろうか。この先何に使う気なのか？

そんな疑問がふつふつ沸き上がってきて、すぐに苦《にが》い後悔に襲われた。つい情につられて安易に預かった自分が、許せなかった。

その短銃は、先ほど二階から女中部屋に戻った時、手早く風呂敷包みに収めて納戸に押し込んである。

五

帳場から引き上げたのは、就寝時間の四つ（十時）を過ぎるころだ。顔を洗って四畳半の相部屋に戻ると、お波は襦袢ひとつでまだ起きていた。

「……どうだった？」

と寝支度をしながら、さりげなさそうに訊いてくる。お波は梶原に気があるらしく、興味しんしんなのである。

「別にどうでもないけど……」

綾は、納戸に首を突っ込んでへちま水を取り出しながら、冷淡に言った。ついでに風呂敷包みを確かめると、短銃はそこにちゃんとあった。

「でもひどいもんね。あんなこと、ここではよくあるの？」

蒲団に座り込み、ヘチマ水をぴたぴた肌にすり込んで綾は言った。

「あんなことはなかったけど、似たことはあるみたい」

とお波はクスクス笑った。

「そもそもあの梶原様って、何者なの？」

「……上野《うえの》の由緒あるお寺のお侍さんでしょ。男前で、羽振りが良くて。相手があの人だったら、あたしなら一度くらいは許しちゃうけど」

「夜中に川岸をうろついて、どこかの藩の警戒網に引っ掛かってりゃ、色男も形《かた》なしでしょ」

「ふふふ……あのお方、ちょっと訳ありなのよ」

得たりとばかりお波は乗り出した。

「今日はうちの船を、『松柏』さんが借りたんでしょ。そこに綺麗《きれい》どころが何人か招《よ》ばれたの。その中に、お目当ての芸者《ねえ》さんがいたってわけよ」

「へえ？」

お簾から聞いた話によれば、肝煎《きもい》りの楢屋は、船を借りて佐竹侯を招待したはずだ。ではその接待のために、芸者衆を呼んだということか。

「でもどうして、あんたがそんなこと知ってんの」

「知ってちゃ悪い？」

お波は寝そべって、含み笑いをする。

「お目当ての芸者さんも知ってるよ。ふふ……今夜、うちの座敷に招ばれてたのに、船の方を優先しちゃったの。梶原様が川岸にいたのは、その人を追いかけてたんじゃないの」

「振られた腹いせ？」

自分で言っておきながらぞっとした。あの短銃で女を狙ってたのか。まさか。だがお波は、意外にも頷いてみせた。

「たぶんね。その芸者さんとは長くて、今年の春ころまでは、うちで十日と空けずに密会してたの。でも最近は秋風が立ってるみたい……。十五夜も別々だったし、今夜もすっぽかされたし。でも考えてみりゃ、あちらについてるのは楢屋の大旦那、こちらはたかだか寺侍……」

何もかも承知した口ぶりで、お波は声をひそめた。

「ここだけの話、楢屋からは、身請《みう》け話が出てるらしい。それで梶原様の血相が変わってるわけ」

「へえ」

お波の情報通ぶりにも呆れたが、あの酷薄《こくはく》そうな色男が、そこまで芸者に入れあげていることに驚かされた。

「それじゃ、川岸もうろつくでしょう。その芸者さん、きっと綺麗な人なのねえ」

「あら、染香《そめか》ねえさん、知らない？　柳橋じゃ三本指に入る名妓《めいぎ》だそうよ。娘時代は美人画に描かれたり、羽子板の人形になったんだって」

染香……その名には、聞き覚えがあった。

「ほら、二、三日前、うちに招ばれた時、見なかった？」

言われてみれば、目に浮かぶ女がいる。

あれは目見えの二日めだったか、吉原に繰り出すという酔客を送るため、誰かがトントンと階段を下りてきたのだ。染香ねえさん、と外で呼ぶ声が聞こえた。お簾も外に出て行き、帳場に一人ぽつねんとしていた綾は、伸び上がって見た。

式台にかがんで下駄をつっかける芸者の後ろ姿が、行灯の薄暗い明かりにおぼろに見えた。薄暗い三和土《たたき》に下りると女は一瞬振り返り、

「お疲れさま……」

と、帳場に向かってねぎらうように声をかけた。そこに誰かがいることを、ちゃんと知っていたのだ。

その瓜実顔《うりざねがお》の目の覚めるような華やかさ以上に、その育ちの良さげな振る舞いに、綾は魅せられていた。

「でもあのひと、お芸者《ねえ》さんたちの間じゃ嫌われもんよ。わがままで、大酒呑みで、海千山千だって……。他人のお馴染みさんを平気で取っちゃうし、都合が悪いとお座敷をすっぽかすし、そのくせ身持ちだけは堅いことになってるそうよ」

客に誘われても決して肌を許さないが、それが逆に男心をそそって、人気が出ているのだという。

「柳橋芸者って、気位が高いのが売りなんだって。身持ちの固さと、化粧の薄さが誇り……。でも染香ねえさん、面《つら》の皮は厚い」

とお波の悪口は、止《とど》まる所を知らないようだ。

「梶原様とは長いし、楢屋の大旦那とも、どこかの誰とかさんともデキてるって噂……。掟破《おきて》りのくせに、高嶺の花にみせるのが上手《うま》いんでしょ。あーあ、あたしなんて平凡よ、つまんない。もう寝ようっと」

言うだけ言うと大欠伸《おおあくび》をし、夜具にもぐり込む。カサコソとしばらく紙の音をたてていたが、やがて寝入ってしまった。

まるでそれを待っていたように、猫が襖を引っ掻く爪音がする。

開けてやると、灰色に蓬色がだんだらに混じった猫が、すうっと入って来た。猫嫌いのお波が起きている間、決して寄りつかないのだ。すり寄ってくる猫の頭を軽く撫でてやると、足元に踞《うずくま》った。

この夜、綾はなかなか眠れなかった。

あの梶原というお武家の想い人は、あの美しい染香だった……。そのことが、妙に胸に響いてくるのだ。染香はほんの一瞬、その顔を見ただけ。梶原とはどさくさに巻き込まれ、かりそめに互いの肌に触れただけである。

だがそんな出来事が思いがけなく、忘れかけていた女としての熱い記憶を、思い出させたのかもしれない。

それにしても名妓と謳《うた》われる染香が、それほどの嫌われ者とは意外だった。たぶん掟を護り続ける女たちのやっかみだろうと、綾は思う。

梶原はあの短銃を、染香に向けるのかどうか。そんなことを思うと、ますます眠りが遠のいていく。

六

翌朝は雲が多かったが、時間とともにだんだん晴れていく。

その午後、綾は昌平橋《しょうへいばし》まで使いを頼まれた。橋にほど近い老舗《しにせ》の菓子店で、〝栗名月〟の十三夜のために、栗菓子を買って来るのである。

それは紀州《きしゅう》みかん、甲州《こうしゅう》ぶどうと並んで〝徳川三大果〟と言われる小布施栗《おぶせぐり》を使って作られ、篠屋では毎年欠かせない縁起物だった。

篠屋を出ると、陽は頭上にあった。前の通りを川沿いに橋の方へ行きかけると、船着場から猪牙舟が出て行くところだった。櫓《ろ》を握る船頭は大男の磯次で、舟には客は乗っていない。

軽く会釈してそばを通り過ぎた時、塩辛声が追って来た。

「どこまで行く」

綾は足を止め、眩しげに振り返った。

「……昌平橋まで」

「乗って行け。テクテク歩いてりゃ日が暮れちまうぞ」

たしかに最短距離で土手を行っても、舟の何倍も時間がかかるだろう。猪牙舟は細長く先端が尖《とが》っていて、二、三人しか腰を下ろせないが、速さが売り物である。

磯次は乗るものと決めてすぐに舟を戻し、艫《とも》に立ってこちらを見た。

「わしはもっと上まで行くから、途中で下してやる」

船頭にちょっかい出すんじゃないよ、というお簾の顔が浮かんだが、綾は頭を下げて乗り込んだ。舟はスイと桟橋を離れ、たちまち柳橋の下を抜けて行く。

赤銅色に日焼けした磯次の顔は、古武士のようにいかつく、目つきは鋭かった。片肌脱ぎの右腕は、筋肉が盛り上がって逞しく、流れに逆らって漕ぐ櫓も軽々としていた。

他の舟とすれ違って横波を受けても、舟はほとんど揺れずに進む。

「朝のうちはぐずついてたけど、いいお天気になりそうで」

と綾はどうでもいいことを呟いた。

「ああ、朝から晴れると、午後には風が吹く。今日はいい具合だよ」

と磯次は言い、少し間を置いて続けた。

「昨夜は騒動だったらしいな」

これを聞きたかったのか、と思わず綾の目が険《けわ》しくなる。何のことかしらという顔で黙っていると、磯次は続けて言った。

「相手をさせられそうになったら、逃げるが勝ちだよ」

「耳が早いんですね」

「ははは……船頭は、何につけ情報《しらせ》が早えんだ。生きるも死ぬも水の上、板子《いたこ》一枚が勝負だからな」

それからは口を閉ざし、黙って櫓を漕ぎ続ける。すれ違っていく舟の船頭が、近頃どうだね……などと親しく声をかけて行く。

お波の話では、磯次の過去については謎が多いらしい。

捕鯨船に乗り込んでいたという話があり、船が遭難して多くの仲間を失い、陸《おか》に上がったという。一方で、人を殺《あや》めて八丈島《はちじょうじま》に送られたが、丸木船で島抜けしたという説もあり、どうもこれが有力らしい。

そんなことを考えるうち、綾はハッと思い出した。昨夜の月見船の船頭は、この磯次だったっけ。

「昨夜の『松柏』さんの船は、何時ごろ河岸に戻ったんですか」

とさりげなく問うてみる。

「松柏河岸は、五つ（八時）ごろだったかな」

「芸者の染香さんが乗っていたそうですね」

「ああ」

とそっけなく言ったが、薄暗い橋の下を潜《くぐ》ってから付け加えた。

「染香は刺されたらしいな」

「えっ、刺されたって？　何時《いつ》ですか？」

思わず乗り出したため、舟が揺れた。

「知らん。何者かに斬りつけられたが、肩を掠《かす》っただけだと」

怪我は軽く、死んではいない。そのことに安堵したが、別の不安が生じてくる。昨夜、梶原が篠屋を出て行ったのは、五つ半（九時）ごろだった。それからどこかで会うのは、可能だろう。

綾は、今朝がたのことを思い出した。井戸端で洗い物をしていると、おはようと声をかけてきた者がいた。目を上げるとあの千吉である。

お孝さんなら野菜を買いに……と言いかけると、かれは足元にある石ころを拾い、握り具合を確かめながら遮《さえぎ》った。

「昨夜のお侍だけど、梶原の旦那だったって？」

さすが耳が早いと思ったが、あのことは口止めされている。

「名前まで知りません」

「その旦那は、ここを何時ごろ出て行った？」

「さあ、よく知らない。五つ（九時）過ぎてたんじゃない」

「どのくらい？」

「分からない。何かあったの？」

「いや、ちょっと……」

と千吉は言葉を濁し、石をいじりながら去って行ったのだ。

短銃が胸の中に、さらに重たく沈んだ。

(難しく考えることはないのだ)

染香を傷つけた凶器は、短銃ではないのだから。自分はお客様から短銃を預かって、明日返すだけのこと。返してしまえば、その後何があろうと〝知ったこと〟ではない……。

だが何かに加担しているような気分は、消えなかった。誰かに相談したかったが、仮にお簾に打ち明ければ、怪鳥のような怖い顔で怒鳴られ、取り上げられるのがオチだろう。

「刺された場所はどこだったんですか？」

と綾はさらに探りを入れてみる。

「大川端のどこかの土手で刺され、吉原帰りの空舟に助けを求めた。それだけのことさ」

綾は遠くへ眼を投げた。

土手はどこまでも続いていて、どこにも人々が、屈託《くったく》なさそうに行き交っている。

「なーに、あんなこたァ染香には、名誉みてェもんさ。芸者やってて、男につきまとわれねえようじゃ、商売畳んだほうがいい」

「そんなもんでしょうか」

「そんなもんよ。さあて、喋ってるうちにそろそろ終点が見えて来た。ほれ、あそこに見えるのが昌平橋だ」

「まあ、早いですね……」

「下りはもっと早えから、帰りの駄賃は高えぞ」

船着場に舟を寄せながら、帰りも乗るものと決めている。この磯次の漕ぐ舟は、たしかに乗り心地がよかった。冗談も言うし、想像していたほど野蛮な荒くれ男でもなさそうだ。

綾は思わず頬をゆるめて、頭を下げた。

「まけてくださいね」

「ははは、大まけだよ。わしは四半刻（三十分）ばかりで戻って来る。あんたが先に済んだら、そこの船着場で待っておれ」

七

「おや……ずいぶん早かったじゃないか」

帰りついて帳場に顔を出すと、長火鉢にもたれて女客と何やら話し込んでいたお簾は、一瞬ぴたりと口を閉ざし、すぐに言った。

「はい、ちょうどついでがあって、磯次さんが乗せてくれたんです」

「磯次が？　あ、そう」

とお簾は思いのほかあっさり言い、向かい合って座っている品のいい老女に言った。

「おねえさん、ほれ、この子がいま話してた……」

「ああ、綾さんね、こんにちは」

老女は、如才なく受けた。初めて見る顔である。初めまして……と綾は丁寧に頭を下げ、相手をそれとなく観察した。

六十少し手前だろうか。髪をきりりと結い上げ、渋いが粋《いき》な大島《おおしま》を着ており、今も往時の色香をしのばせている。

「こちら、そこの『花之井』のおかみ、お蔦《つた》ねえさん。あの『松柏』さんのお隣で、

『柚子亭《ゆずてい》』の向かい。とてもお世話になってるの。十三夜の月見船も、うちの船を使ってくださるって」

とお簾が紹介すると、手を振った。

「いえね、こちらに好いお女中が来たって聞いたんで、ちょいと見にきたのさ。あんた、五くらい？　え、八なの。若く見えること。なかなか器量良しじゃないの。うちも手が足りなくて困ってるから、こちらが駄目なら、うちで引き受けますからね、ほほほ」

とお蔦はどこまでも如才ない。

「ただ今、お茶をお持ちします」

二人の前にお茶が出ていないのを見て、綾は言った。この街の主《ぬし》のように思える人物に、どう対処していいか分からないのだ。だがお蔦は、慌ててまた長い指を振った。

「いいのいいの、座り込んでる暇なんてないのに、つい長居しちゃって」

と腰を浮かし、じゃ……とお簾に目配せする。

勝手口まで送るお簾の後に、綾も続いた。十三夜の『花之井』の借り船にも予定通り染香が乗るとのことで、二人の言葉のはしから、あれこれ細かい打ち合わせがあったようだ。

下駄の音が路地に消えると、奥に引き取った。

厨房には、椎茸《しいたけ》を煮込むいい匂いが立ちこめ、襷掛《たすきが》けをした料理人薪三郎が、調理台に向かって野菜を切っている。ただいま……と綾が挨拶しても返事もなく、頭も上げない。

無口な男らしく、綾はまだ一度も口をきいたことがなかった。独り暮らしの偏屈な三十男だが、料理人としての腕は天下一品……とお波からは聞いている。

そこへ、女中のお孝が外から帰ってきた。

「ただいま。今そこで、『花之井』のおかみに出会ったけど、染香さんのことかね」

言いつつ前垂れをつけ、調理台で洗った里芋の皮をむき始める。

「……染香のことって？」

と薪三郎が聞きとがめた。相変わらず手も止めず、頭も上げない。

「昨夜、誰かに刺されたんだってさ。たいした怪我でもないのに、そこら中でもちきりだよ」

「下手人《げしゅにん》は？」

「分からないって。物騒だねえ、近頃の世の中……」

「物騒なのはあの女だろ、男をこけにしてさ」

口を開けば、ずいぶん辛辣《しんらつ》な口をきくんだと綾は思った。

「倅の千坊に訊いてみな」

「興味ないね、誰が刺したなんてこと。あたしゃ千吉の方が、よほど気になるよ。十手《じってなんかに血道《ちみち》をあげても、一文にもなりゃしないのに」

とお孝は肩をすくめて、綾を見た。

「ところであんた、決めたの？」

「あ、いえ、まだ……」

「ここにお決めよ。おかみさんは人使いが荒いけど、悪い人じゃない。他所《よそ》に比べりゃよほどどましな方さ」

「よく言うよ。ここは、いつドカーンていくか分からねえのに」

薪三郎が手を動かしたまま、また口を挟んだ。

「薪さんは一人者だから、能書き言えるんだ。乳飲み子二人抱えて、ここに拾われた時は、どんなに有り難かったか……」

「分かった分かった。それはいいから、早く里芋むいてくださいよ」

その時、シッとお孝が合図した。綾が振り返ると、派手な柄《がら》の着物を着たやや幅広のお簾の姿が、厨房に入って来たところだ。

「ああ、お孝、ちょっとお使い頼むよ。〝藤本《ふじもと》〟まで、届け物をして来ておくれ」

「藤本……。染香さんの所ですね」

お孝は言いながらもなお、せっせと包丁を動かしている。綾は聞き耳をたてた。

〝染香さんの所〟とは染香のいる置屋か。

一つでも多く里芋をむこうとするお孝を見、まだ皮つきの里芋が山ほど残っているのを見て、とっさに閃いたことがある。

「あの、難しい御用でなければ、わたしが参りましょうか」

綾がそう申し出ると、お簾は切れ長な目を細めて見返した。目見えの女中を行かせることに、迷っているようだ。

「うん、それもそうねえ。染香が怪我をしたんで、お見舞いを届けてもらうだけだから。お孝、綾さんに場所を教えてあげて……」

置屋《おきや》『藤本』は両国橋に近い同朋町《どうぼうちょう》にあった。

駕籠《かご》がようやく入れるくらいの狭い横丁の奥に、目印の竹の植え込みが見えている。

綾はその枝折り戸《しおどど》を開き、玄関の格子戸の前で、ごめんくださいと声をかけてみる。

何の返答もないのでそっと開くと、鍵はかかっていない。

驚いたのは、この玄関の汚さだった。土間には、すり減った下駄や鼻緒の切れた草履が、引っくり返ったり重なったりして、バラバラに脱ぎ捨てられている。

ここから着飾った綺麗な芸者さんが出て行くとは、とても信じられなかった。芸者の履く草履は、たぶんどこかにしまわれているのだろう。

客が来ているのか、奥から男の声がした。ややあって、すっぴんで着物の上にねんねこ半纏を羽織った、芸者らしい若い女が出て来た。

綾が名乗って事情を話すと、

「おかあさーん、篠屋さんからお使いよ」

と奥へ向かって叫び、綾をじろじろ見回して言う。

「あんた、新しく入ったの?」

「いえ、まだ目見えです」

「ふーん、見習いをよこしたってわけだ」

と呟いて引っ込んだ。綾は抱えて来た包みをほどき、風呂敷を取りのける。何のことはない、昌平橋で買ってきたばかりの栗菓子の箱である。十三夜のお供え物が、染香への〝お見舞い〟に化けたのだ。

「いいかい、置屋に着いたらまずおかあさんを呼んで、〝染香さんへ〟って渡すんだよ。芸者より、主人が大事だからね」

とお簾に、くどく念を押された。芸者への贈物はすべて置屋の女主人が管理し、皆で分けたり、他へ使い回したりするのだという。

やがて女主人がゆっくり現れた。四十半ばだろう。ふっくら太って、柔らかい感じの、美しい女である。

そのおかみの後について出て来た、ずんぐりした坊主頭の男が、綾を見て驚きの声を上げた。

「や、あんたは、先日の……！」

何と、あの口入屋内田の主人ではないか。

（どうしてここへ）

と綾も目をみはったが、考えるまでもない、内田は芸妓専門の口入屋だから、置屋に来ることがあっても不思議はないのだ。

「外で待ってますから、後で……」

と内田は身振りで示し、隅に揃えてあった雪駄《せった》に足を入れ、女主人に挨拶して出て行った。綾は、教えられた通りの口上《こうじょう》を述べて、栗菓子を差し出す。

「染香さんは、いかがでございますか？」

「ええ、ほんの掠《かす》り傷だから、熱も出ていませんよ。〝御丁寧に有り難うございます、明日からは普通どおりにつとめさせて戴きます〟と、おかみさんに伝えておくれ。……あんた、内田の紹介？」

と先ほどの女と同じようなことを訊いた。

「はい、まだ目見えでございます、よろしくお願いします」

と挨拶して、外へ出た。

八

内田は枝折り戸の外にしゃがみ、煙管を燻《くゆ》らせていた。綾が出て来たのを見ると、すぐに煙管をポンポンとはたいて立ち上がる。

「で、どうなりました、決めたんですか」

「……まだ決めかねているんです」

と肩を並べて歩き出しながら、綾は胸の内を正直に打ち明けた。こんな話が出来るのは、この人物しかいないのだ。

「実はそのことで、この帰りに、お店に寄ろうと思ってました」

「おや。あたしもこれから、篠屋さんへ伺うところでしたよ」

内田は、色白でてかてか光った顔を笑《え》み崩《くず》して言う。

「藤本へは、お見舞いで？」

と綾は問うてみる。情報が早いと思ったのだ。

「ま、ちょっと小耳に挟んだんで……意外ですか？　あの染香を『藤本』にお世話したのは、このあたしですよ」

「あっ、そうなんですか」

「そうですとも。うちは口入屋ですからね。それはそうと」

とかれは、綾の顔を覗き込むようにして言った。

「決めかねてるって……何がご不満で？」

「いえ、不満てわけじゃないんだけど」

綾は、ここぞとばかり打ち明けた。昨夜、妙な事件に巻き込まれ、お客と〝同衾〟させられたこと。染香は何者かに刺されたというが、どうもその下手人は、その寺侍と思えるふしがあること……。

柳橋の方向へ、ゆっくり歩きながら、そんなことを溢れるように喋った。一気に喋ると、何だかすっきりした。

ただあの短銃のことだけは、胸に収めてある。

「あれやこれやで、何だかあそこは気が休まらなくて。どこか別の奉公先を、紹介して頂けませんか」

「ははあ、なるほどなるほど。まだ目見えなのに、そんなことがあっちゃ、誰だって腰が引けまさァね。こりゃ、ふむ、あたしも勉強させて頂きました」

と内田は、てかてか光る坊主頭をやたら上下させて、頷いた。頷く間に、次の手を考えているらしく、すぐに続けた。

「しかし、まあ、そうたびたびあるこっちゃないでしょう。それにこのご時世だ、気が休まるようなお店《たな》は、給金も安いです。ただ……話を聞いて、ちょっと気になったことがあるんだが」

と、今の話を反芻《はんすう》するように遠くに目を投げた。

しきりに何か思案する様子だったが、やがて頷いた。

「寺侍……。あんた、今そう言いなすったね？　それで思い出しました。そのお侍様は、もしや輪王寺《りんのうじ》の方では？」

「あれっ、ご存知でしたか？」

「いやいや、染香の口から聞いただけですが、間違いない。六年前のことだから、いくら健忘症のあたしでも、まだ忘れちゃいません。いえ、六年前ってのは、染香が芸者になった年でして。あの娘が芸者になったのは、そのころ身辺に起こった騒動が原因なんですわ」

「へえ？」

「芸者と一口に言ってもいろいろで、誰もが身売りされてくるわけじゃない。自前で芸者になる娘もいるんです。染香は神田の大店《おおだな》、太物《ふともの》問屋のひとり娘でしたよ。気の強いちゃきちゃきの町娘で、評判の美人ときた。浮世絵に描かれたり羽子板の押し絵になったり……向かうところ敵なしでさ。あげくに何と、お大名のお妾《めかけ》に納まっちまったんです。ええと、どなたでしたっけ、三味線堀のお屋敷の……」

「もしかして佐竹様？」

「あっ、それです！　あの時はまだ、先代でしたがね」

　息を呑む綾にお構いなしに、内田は続ける。

「しかしお妾になったはいいが、まだ十八、九の、気の強い我がまま娘だ。奥方と折り合いが悪く、揉め事が絶えなかったようで。とうとう佐竹様の勘気を蒙《こうむ》り、座敷牢に閉じ込められちまったそうですよ」

　父親は娘の救出に奔走したが、相手が大名ではままならない。考えあぐんだ末に相談を持ちかけた相手、それが取引先の輪王寺の寺侍だった。まだ二十代半ばの才ある男で、門跡の覚えもめでたかったという。

(それが梶原様だったのか)

夢中で聞き耳をたてるうち、いつしか神田川まで来ていた。

内田は先に立って柳橋の中央までずんずん進んだ。欄干にもたれて川を見下ろしながら、続ける。

「お侍は相談を受けて、勇んで一肌脱いだと……。そりゃそうです、江戸中の男の憧れの美女ですから。大名の横暴に若い反発心もあったでしょう。一計を案じてその事件を解決したことで、二人は深い仲になったと。あたしゃ、本人から聞きましたよ」

内田は一気に言うと、綾を見た。

「昨夜のそのお侍さん、男前でしたね?」

「ええ、年のころは三十二、三で……」

欄干にもたれてじっと聞いていた綾は、大きく頷いた。

「でも一計を案じたって、どんなふうに?」

「いや、よくは知りません。ただ輪王寺てえと、法親王《ほっしんのう》様がいなさる格式ある寺だ。その御名をちらつかせ、佐竹侯を脅したんじゃないですかね。染香が惚れるだけあって、なかなかの策士ですわ」

法親王様の御名が出れば、大名は弱い。染香はすぐに座敷牢から出されたが、家に戻ってみると見合い話が待っていた。親としては一人娘に早く婿をとり、店を継いでもらいたかったのだろう。

だが染香には、惚れた男がいる。まずは家を飛び出して、芸者になって自活したいと、内田のもとに駆け込んできた。娘時代に習い覚えた三味線と踊りは、天下一品の腕である。二つ返事で内田は引き受けたが、家から勘当《かんどう》されての、花柳界《かりゅうかい》入りだったという。

「だからそのお侍さん、とうに染香の旦那に納まってると思ったが……」

内田は感慨深げに首をひねったが、すぐに言った。

「それはそうと、あんた、そろそろ帰った方が良さそうだ」

なるほど眼下に見える篠屋の船着場から、次々と猪牙舟が出て、流れを下って行く。

陽はもう西に傾いて、空は夕照に染まり始めた。

だが綾には、内田の娑婆《しゃば》っ気が懐かしく、名残《なご》り惜しかった。

「ちょっと寄って行きませんか」

「いや、今日はここで……。ま、もう少し考えてみなせえよ。篠屋は流行《はや》ってるから、目先の腰掛けには悪くない。その間に、どこか探しておきますって。今言ってあげられるのは、このくらいかな」

言いつつも、なお少し思案する様子である。

「そうそう、篠屋には千吉がいるでしょう。あれはまだ小僧っ子だが、よく目端《めはし》のきく下っ引ですわ」

「あの子を、ご存知ですか？」

ここで千吉の名が出たのが、綾には意外だった。

「ご存じも何も、この街で何かあれば、真っ先にうちに駆け込んで来ますよ。うちはこの街のどちらかっていやァ、裏に通じてますんでね」

(ああ、そうだったのか)

やっと思い当たった。内田がいち早く染香事件を知ったのは、千吉が教えたからなのだ。裏にそんな通路があると知り、それまで閉ざされて入り口も見えなかったこの街が、意外に身近に感じられた。

「染香のことで気になるなら、あの子にあたってみたらいい。ここんところ、何かしきりに嗅ぎ回ってるみてえですよ」

思いがけない内田の話で、綾は視界が開けたような気がした。

あの二人を結ぶ線が、はっきり見えてきた。染香という女は大名の囲い者になったが、それに収まらず、家を飛び出し、芸者になって、今はどうやらその六年ごしの男からも離れようとしているらしい。

綾は驚きまじりで思った。そんな空飛ぶ〝天女〟のような女が、この街にはいるのだと。短銃を返す前に、千吉に少し話を訊いてみた方がよさそうだった。

ただ千吉が帰って来るのは、いつも遅い。

九

千吉は今夜もなかなか帰って来ず、宵の口から小雨になった。

綾は足元の猫の重さを感じながら、夜具に丸まって母屋の出入りに耳をすませていた。お波は隣でもう鼾をかいている。

火の用心の拍子木の音が、遠くを通り過ぎて行く。

勝手口が開き複数の足音がしたのは、四つ半（十一時）ころだった。雨の音はまだ聞こえていた。帳場で挨拶する太い男の声がし、短いやりとりが交わされた。

どうやら帳場には、主人富五郎が帰っているらしい。

足音はその後、台所に入って来る。茶碗が触れ合う音を聞いて、綾はむっくりと起きだした。

女中部屋と台所を隔てる廊下はまっ暗だが、もう馴れている。着物を羽織り、手探りでしのび出て、障子をそっと少し開く。

その一寸（三センチ）足らずの隙間に目を当ててみた。

台所の掛け行灯は油が悪く、紙も煤《すす》けているせいか、その灯りは薄暗い。そんな薄ぼんやりした中で、何やら盆を整えているひょろりとした男は、千吉に違いない。

板の間の上がり框にもう一人、堅太りのがっちりした男が腰かけている。

男は雑巾《ぞうきん》でしきりに頭や腕の雨滴を払っている。紺《こん》と藍《あい》の縞柄《しまがら》めいた羽織を纏ったその身なりからして、どうも十手者らしい。

綾は、お孝から聞いた話を思い出した。たまに夜回りの帰り、岡っ引の亥之吉親分《ほし》が寄るという。大抵は千吉との密談だが、ここで酒を呑みながら、張り込みの相手を待つこともあるらしい。

すぐ飛び出せるように座敷には上がらず、台所の上がり框に腰かけて呑み、どう断っても必ず酒代を置いていくのだと。

千吉は、酒徳利と茶碗の載った盆を運んで、男の隣に腰をおろした。

二人は二言三言なにやら喋っては、旨そうに茶碗酒をあおる。

「さて、聞こうか」

と先に切り出したのは、年長の男の方だ。暗がりの中でも光るような鋭い目をして、千吉を見る。

「へい、親分。やっぱあの旦那は、だいぶ遊んでますぜ」

思った通り、男は亥之吉親分である。旦那、とは誰だろう？

「与力のお役を笠に着て、ふてえお方……、大黒屋《だいこくや》もずいぶん貢《みつ》いだようだが、手代に嗅ぎつけられ、辻斬りに見せかけてバッサリと……」

与力？　大黒屋？　どうやら二人が喋っているのは、いま捜索中の案件らしい。後で知ったことだが、この時かれらが探っていたのは、少し前に起こった辻斬り事件についてだった。

この秋の初め、蔵前の大川端で、男の斬殺死体が見つかった。材木問屋の手代で、帰る途中に辻斬りに遭い、懐中のものと命を奪われた。

昨今の江戸では、こうした事件は珍しくはなく、被害者が町人であれば、ウヤムヤに終わることが多い。亥之吉も初めは型通りのお調べだった。だがこの手代が材木問屋『大黒屋』の帳簿係と分かって、子飼いの千吉に身辺を探らせたのである。

「うーむ、大黒屋がそこまでやるなら、急がねえと……」

知らないことばかりだから、いったん部屋に戻ろうと、綾は目を離した。その時ふと千吉の言葉が耳に入り、また戸の隙間に目を当てる。

「畠《はたけ》様の不正の原因は、染香でしょう。大黒屋という金づるがあればこそ、あれだけ貢げたわけで……」

「そうそう、だが大黒屋に調べが入れば、畠様の立場も危うくなる」

「女に斬りつけたのは、それを知ってのことでしょう？」

「しかし、入れあげた女に冷たくされたからって、それじゃァ畠新左衛門《しんざえもん》の名がすたるねえ……」

綾は固まって、動けずにいた。

言葉の端々から推測すると、こういうことになるだろう。

〝旦那〟とは〝畠新左衛門〟なる与力だ。大黒屋からの賄賂《わいろ》で遊興し、染香に入れ上げていたが、最近冷たくされて斬りつけたと……。

(梶原様ではなかったのだ！)

スッと気持ちが軽くなった。どうやら別人だったのだ。さらに耳をすませたが、二人はぐっと声を低めて、何ごとか打ち合わせている。

「さて、雨も小降りになったようだ」

と親分の声が響いた。

湯漬けでもどうです……と勧める千吉の声がし、やめておこう……と言い出て行く親分の足音を耳にして、綾はその場を離れた。

夜具にもぐり込み、短銃は黙って返すことにしようと思い、ようやく綾に安らかな眠りが訪れた。


ところが翌日になって早々に、その梶原から手紙が届いた。

〝明日はあいにく所用で、篠屋には寄れなくなった。だが夕方には、近くを通る。すまないが明十三日の七つ半（五時）ころ、件《くだん》の物を持って、両国橋西詰まで来てもらえまいか〟

というような簡単な文面である。

十三夜の七つ半といえば、柳橋中の月見船が、両国橋の周辺に、ぎっしりと勢揃いする時分だろう。篠屋から両国橋西詰までは、ほんの一足で行ける。

待たされない限りは、家を抜け出しても怪しまれるほどの時間はかかるまい、と綾は判断した。

十

十三日は午前はぐずついていたが、午後から青空が広がった。

篠屋では朝のうちに、供え物を玄関前の縁台に飾った。薄《すすき》と月見団子。大笊《おおざる》にたわわに盛った栗、豆、枝豆、トウモロコシ、ぶどう、里芋……。お孝と綾が、手分けして揃えたものだ。

午後になると屋根船は早々と出て行く。陽が西に傾き始めると、座敷で昼酒呑んでほろ酔いになった客が、猪牙舟を所望し始める。

「綾さん、薬、買って来てくれた？」

遅い昼食を終えたところへ、お簾が顔を出して言った。

「え、何のことでしょう」

と綾が問い返すと、

「お波から聞いてない？　あたしの薬を買って来てと……」

そこへお波が、血相変えて飛んで来たのである。

「綾さん、頭痛のお薬、今朝頼んだでしょ、忘れた？」

お波は丸い顔を膨らまし、眉をひそめてかん高い声を上げた。

「えっ」

「確かに言ったのに、忘れたのね」

「ああ、お止《や》め！　聞いてるだけで頭が痛くなる。誰でもいいから、後で買っといておくれ」

不機嫌そうに言い捨てて、おかみは帳場に引き上げてしまった。

（お波って、何て根性ワルだろう）

自分が忘れたくせに、とむかっ腹を立ててお波の顔を睨んだ時、ふと思いついた。

夕方の買物は、自分には都合がいいのだと。

「いいわ、夕方、ついでがあるからで行って来ます。何をどこで買えばいいの」

「五苓散《ごれいさん》を、薬研掘町《やげんぼりちょう》の近江屋《おうみや》でね。はい、これ持ってって……」

『近江屋』と書かれた売掛け通帳を渡すや、お波はそそくさと居なくなってしまった。

七つを半ば過ぎたころ合い、綾は藍木綿の普段着と前垂れのまま、勝手口から外に出た。

「ちょっと出て来ます。頭痛薬を買いに薬研掘まで……」

と念のためお孝には断っておく。懐《ふところ》に隠した包みを重く感じつつ、横の路地をぬけ、川と反対側の同朋町に出る。

町家が建ち並ぶ中に、酒問屋、待合、芸者置屋などが割り込み、夕方には居酒屋や小料理屋の赤い軒提灯《のきちょうちん》がぽつぽつと浮き上がる。

この小体《こてい》な遊興街をぬけると、その向こうに、両国広小路という江戸一番の盛り場が控えている。

平日でも混雑する所だが、今宵はいつにも増して、ぶらぶら歩きの散策者でごった返している。笛太鼓の音や、芝居小屋の呼び込みの声が賑やかに響く中を、縫うように突き切り、薬研掘まで小走りに進んだ。

近江屋はすぐに見つかり、手早く買物をすませ、それからは両国橋を目ざして急いだ。まだ日が残っていて明るい中、大川の彼方の東の空に、白い月が昇り始めている。

両国橋もまた、空を仰いで歩く老若男女で波打って、カタカタカタと下駄の行き交う音が大音声《だいおんじょう》となって響いていた。

「おお、昇った昇った、有りがてえ」

「昼の月も、捨てたもんじゃないねえ」

など と感嘆の声が上がる一方で、

「甘酒ェ、甘酒ェ、一杯五文……」

「食いねえ食いねえ、月見団子は一串十文……」

などと橋上のあちこちに陣取った物売りが、負けじと叫びたてる。その周りに人が群がり、通行をせき止めていた。

綾は、きょろきょろと目配りしながら、橋を東詰まで渡りきり、同じようにして西詰に引き返して来た。

どうやら梶原の姿は見えない。まだ来ていないようだ。

橋の欄干にもたれると、走り続けて汗ばんだ襟《えり》もとに、川から吹き上がる夕風がひんやりして心地よい。

まだ暮れ残る夕照を映した川面は、月見船が何艘も浮かんでいて、華やかにさんざめいていた。漂い始めた夕闇が少しずつ濃くなるにつれ、船灯の明かりが、鮮やかに浮かび上がってくる。

不安が胸をよぎる。ここで長くは待てないのだ。もし梶原様が遅れたらどうしよう……。もし現れなかったら……？

いや、もし来なかったら、夜になって短銃を川から捨ててしまえばいい。そう思いながらも、再び橋を行きつ戻りつし、通行人に視線を巡らした。なるべくこの場所から月を眺めたい、という人溜まりが、あちらこちらに出来ている。

そこに割り込む者がいて、小競り合いが起こると、どこからか番所役人が飛び出して来て、収めていく。そんな警備人の中に、千吉に似た姿をチラと見たような気がしたが、定かではない。

綾は人の陰に身を隠し、なるべく目立たぬよう、後ずさるようにして何度めかに広小路側の西詰まで戻った。その時、ぽんと肩を叩かれた。

はっとして振り向くと、長身の侍が降って沸いたように立っている。

「待たせたな」

微笑しているのは間違いなく、梶原京之助である。だが綾は目をみはった。何だか別人のように見えたのは、そのいで立ちのせいか。菅笠を被り、茶色の野羽織、裾に黒縁の付いた野袴で、腰には大小をさし、手甲脚絆《てっこうきゃはん》の旅姿である。

（あちらへ……）

と梶原は目で合図し、西詰の左側にある小さな鳥居の方へと、先に立って誘った。

そこには〝両国稲荷《いなり》〟と呼ばれる、小さな稲荷がある。

赤い鳥居の奥に二匹の狐《きつね》が鎮座していて、その前にはいつも油揚が供えられているが、今日は薄《すすき》と月見団子と栗が置かれていた。

「呼び出したりしてすまなかった。実はこれから、房州《ぼうしゅう》へ行くことになったのだ」

鳥居の前で立ち止まり、やおら振り返って言った。

「お会い出来て良かったです」

言いつつ綾は懐から包みを出し、相手に押しつけた。梶原は包みを素早く自分の懐にねじ込み、綾に心付けを渡そうとする。

「いえ、帰られたら、またお寄りください。それで充分でございます」

と綾は強引に押し戻す。

すると梶原は笠を少し持ち上げた。

「名前もまだ聞いてなかったな」

「綾と申します」

あや……と口の中で呟き、笠の下から強い目で綾を見た。目が合うと、綾は急に涙ぐみそうになった。ほんの一瞬、自分とこのお侍との間に、強い思いが走ったように感じたのである。

梶原の心には、美しい女がいる。だが一瞬こちらを見つめたその目には、何か謎めいた光が宿っているように思われた。

「いや、あんたのおかげで、私は人を撃たずにすんだのだ」

「…………」

「では」

短く言って笠で顔を覆い、背を見せた。

どういう意味だろう、と呆気《あっけ》にとられ、その姿が人ごみに紛れるまで立っていた。

見えなくなると、神田川沿いの道を戻ろうと、綾はその場を離れそのまま左の方へ折れた。

するとその時、急に薄闇《うすやみ》の中から賑やかに浮かれた一団が現れた。

梶原に気をとられて気づかなかったが、この両国稲荷の下あたりに、月見船が着いたらしい。すでに一杯機嫌の客らは、船着場の石段をはしゃぎ騒ぎながら上がって来た。

「名月は橋の上から見るもんで。ほらほら、橋はあちらです……」

とでっぷりした大旦那らしい男が先導し、その後に客人らしい数人の男たちと、華やかな芸者衆が何人か続いてくる。

「満月より、十三夜の方が風情があるねえ」

「まん丸だろうと少し欠けようと、あたしゃ、月より酒ですよ」

てんでに言い合い、手に手に酒の入った瓢簞《ひさご》を下げている。この一行とすれ違った後、遅れて石段を上がって来る男女の会話が耳に入った。

「ほれ、染香ねえさん、提灯を。足元は暗いですから」

「ばかね、月明かりってもんがあるじゃないか」

染香……？　綾はハッと足を止めた。ではこの船は、『花之井』が借りた篠屋の屋根船だ。船頭は磯次のはずである。

綾は胸を轟かせた。広くはない道の端に立ち止まり、すぐ目の前を通りすぎて行く芸者に目をこらす。夕闇に透かし見るその白い顔は、髪を粋な櫛巻《くしま》きに結い、襟を落として白いうなじを見せたあの人だ。まぎれもなくあの〝天女〟である。

目の前を行く染香を見送ってから、やっと空を仰いだ。空高く昇るにつれて、ほんの少し欠けた月は輝きを増していく。

（梶原様はとうに橋を渡ったはず。すべて終わったんだ）

そう思い、橋に背を向けて数歩歩きかけた時だった。

ズドン！……という鈍い銃撃音が、橋に響き渡ったのである。

「わっ」

という声を聞いたような気がする。自分が叫んだ声か、橋の上で挙がった群衆のどよめきだったか。自分が渡したあの短銃が火を噴いた……そう思うと体内に震えが走り、よろめいて、周囲の音が遠のいていくように感じた。

「……どうした、しっかりしろ」

そんな声で気がついた。その太い声が磯次だと分かった。どうやら気が遠くなりかけ、両国稲荷の鳥居の前によろめいて、しゃがみ込んだらしい。

「橋で銃声が聞こえ、下から石段を駆け上がって来たら、鳥居のそばに誰かがしゃがんでいた」

と磯次は説明した。

「しかしまさか、あんたとは」

「ちょっと眩暈《めまい》がしただけです。それより誰か撃たれたんですか?」

綾は立ち上がり、夢から醒めたような気分で闇を透し見た。バラバラと客が戻ってくる。橋が封鎖になった、と言う声がした。

「何があったかね」

と磯次が声をかけると、女の声が、返ってきた。

「欄干に盃並べて酒を呑もうとしたら、後ろでズドンよ。物騒だねえ。船頭さん、早く船を出しておくれ」

綾は目をみはった。聞き覚えのあるその声、月明かりに浮かんだその白い顔、それは先ほど見たばかりの染香ではないか。

撃たれたのが染香でなければ、いったい誰が……。

「そこまで送る」

と磯次が申し出てくれたが、綾は首を振った。

「それよりお客様に早く船を出してあげて」

言いざま闇の中に駆け出した。

十一

厨房に戻ると、しゃんとして配膳を手伝った。いや、しゃんとしていたのではない。茫然自失で、どうしていいか分からなかったのだ。

だがしばらくたって、お簾の声がした。

「両国橋で誰か撃たれて、一時封鎖になったんだって」

橋から押し出された月見客の何人かが、篠屋の二階に上がったらしい。事件はたちまち広まったが、皆は噂に夢中で、綾のことなど誰も気にもかけていない。綾は一言も口を挟まず、ただ忙しげに立ち働きながら、そんな噂話にじっと聞き耳を立てていた。

磯次は、しばらくして『花之井』河岸で客を下ろし戻って来たが、すぐに吉原行きの客を猪牙舟に乗せ、我関《われかん》せずと出て行った。

遅くなって千吉が帰って来るや、待っていたとばかりお簾は帳場に引き入れ、質問攻めにした。その場に古株の船頭やお波が集まり、綾もその背後にさりげなく座り込んだ。

「いや、まだ何も分かっちゃいません。死人が出たんで、現場検《あらた》めや何かでごたごたしちまって……」

と言いつつも、千吉も喋りたくてしょうがない。

「しかしおかみさん、驚きました。下手人は、あの梶原の旦那ですよ」

「ええっ！　お前さんの見間違いだろ、人違いだ」

「いえ、間違いねえです。おいら、お顔はよく見知ってますから。旦那は橋の向こう側で捕まったんだが、短銃を持ったままだった」

「じゃあ、撃たれたのは……」

「それが染香じゃねえんで、これまた驚きでね。何と、八丁堀《はっちょうぼり》のお偉方ですよ。おいらの上役にあたる、奉行所の与力でさ！」

この与力と梶原は、北辰一刀流《ほくしんいっとうりゅう》の剣道場で親しくなり、共に酒を呑んだり色町に通う遊び仲間だったという。ところが染香を交えて三人で呑むうち、与力と染香がわりない仲になってしまったと。

その興奮した口調から、〝真相〟らしきものが浮かび上がった。

それによれば――。

つい二日前、蔵前の材木問屋楢屋善兵衛が、大得意先の秋田藩主の江戸入りにちなみ、歓迎の月見宴を計画した。

すると佐竹侯は、そのお座敷に、染香を呼ぶよう所望したという。今は柳橋一の名妓として聞こえているが、以前は先代の側室だったため、どんな女か見たかったらしい。

その申し入れを、染香は受けた。

事前にそれを知った与力の畠新左衛門は激怒し、染香を捉まえて面罵《めんば》したという。

相手が大名であれば、一夜を望まれればまず拒めない、それを承知で平然と受けるとは、あまりに見境《みさかい》がないではないか、と。

　すると、最近冷たくなっていた染香は、けんもほろろに啖呵《たんか》をきった。

「あたしは芸者ですよ。芸を売って生きるのに、誰の指図も受けません」

　だが妻子と別居し、悪事に手を染めてまで、この女にのめり込んできた。さらに悪いことに、配下の岡っ引が最近、しきりに身辺を嗅ぎ回り始めている。いずれすべてが明るみに出るだろう。

　畠は、かくなる上は不実な女を道連れに自分も死のうと、ずっと染香を付け狙っていたという。

　一方の梶原は妻子はいないが、親から譲られた家財産はすっかり使い果たし、寺の所領から上がるものにまで手をつけた。それが最近になって発覚し、情状酌量で寺を追われ、今は浪人の身だった。

「……つまり、だから結局どうなるわけ」

　と興味を抑《おさ》えきれないお簾が、じれったそうに迫った。

「梶原様が撃ったんでしょう？　そうなら、お仕置きはどうなるの？」

「おかみさん、おいらみてエ下っ端に、そんなこと分かりませんよ」

「どうして撃ったの？　恋敵《こいがたき》の与力様を、蹴落とすため？」

「勘弁してくださいよ、男と女のことなんか分かるわけねえ」

　と千吉は首をすくめた。

「旅支度してたところを見ると、もしかしたら染香に頼まれたんですかねえ。惚れた女の頼みだ、目障《めざわ》りな男を消してどこぞへずらかって、染香を待とうと……」

（そうじゃない！）

　と綾は思う。梶原様が、そんな下卑《げび》た男であるはずがない。

　結局、染香を諦めたのだ。あの女は御《ぎょ》しきれぬ相手、羽ばたいて宙に舞い、地上には戻らぬ〝天女〟であると。

　自身はどこか旅の途中に死に場所を見つけ、あの短銃で始末をつけよう……そう決意した目に、最後に映った女が綾だった。

　もしあの染香に出会わなければ、あり得たかもしれぬ平凡で幸せな人生を、地上の女にすぎない綾を通して、見たのではないだろうか。

　あの時両国橋を通ったのは、たぶん染香の乗る月見船が、あの頃合いに橋の近くに碇泊するのを知ってのことだろう。一目それを見てから、橋を渡ってあちらへ行こうと思ったのだ。

ところがその人ごみに、偶然、畠の姿を見てしまった。畠もまた、船を追いかけ女を追いかけて、橋に現れたのだろう。殺気だったその姿を見て、梶原は思わず短銃を取り出した……。

そう綾は想像する。それしかないと思うのである。

千吉は、一風呂浴びて帰ると言って出て行った。

皆は座り込んだまま、しばらく言葉もなかった。やがて一人二人と立って行き、最後に残った綾は、その辺を片付けて襖の外に出た。

「綾さん」

とその時、お簾の声が背後から追いかけて来た。

はい、と答えて再び襖を開けようとすると、

「ああ、そのままでいい。ねえどうする、あんた。あたしとしては、ずっと居てもらいたいんだけど……」

綾は思わずその場にしゃがんで、襖を少しだけ開く。答を言おうとする前に、おかみが先に声を発した。

「あたしはね、条件をこう考えてるの。仕事の内容は、雑用と、忙しい時の帳場の手伝い……。住み込みで、三食賄いつき。お休みは月始めに一回。それでお給金が半季

で一両二分。これでどうかと思うんだけど？」

「………」

綾は、胸が詰まった。わずか七日だが、何と濃密な時が流れただろう。これまで単純に給金のことだけ考えていたが、それには替え難いものを見た。もっと見届けたいことがこの河口の町には山ほどあると、今は思えるのだ。

息を吸い込んで、綾は頭を下げた。

「はい、ふつつか者でございますが、わたしも、ここで勤めさせて頂きとうございます。どうぞ、いましばらく、使ってくださいまし」

「そう？　じゃ決まりね」

あっさりお簾は言った。

「あ、部屋に戻る前に、外の供え物を下げといてよ」

外に出ると、玄関先が真っ白だった。

一瞬、眼をみはり、やっとそれが月光だと気がついた。

ほんの少し欠けた十三夜の月が、いつの間にか中天に昇り、さえざえとした光を地上にふり注いでいるのだった。

月を仰ぐと、漆黒の夜空が広がっている。わけもなく涙が溢れ、綾はしばしそこに立ち尽くしていた。

第二話　こんな所にも花びらが……

一

「綾さん、ちょいと薪さんを呼んで来ておくれ」

綾が二階にお茶を運んで行くと、客と何やら話し込んでいたおかみが、妙にしかめ面《つら》で静かに言った。

「それからあんたは、宿帳と、何か書くものを持って来て」

座敷には気詰まりな空気が流れていた。

向かい合っている三十がらみの侍も、太い眉をひそめている。

侍は篠屋の客ではない。先ほど玄関で応対したおかみは、用件を二言三言聞くや、すぐに二階座敷に押し上げたのだ。

掃除されたばかりの午前の二階は、しんと静まりかえって、午後からの営業を待っている。開け放たれた窓から、九月末のうららかな光が射し込み、川の匂いが流れ込んでいた。

「……あの、おかみさんがお呼びです」

厨房まで行って声をかけると、薪三郎は、竈《かまど》で湯気を上げる鍋に青菜を放り込もうとする手を止めた。

(何?)

無言でそう問いかける目に、綾は何とも答えない。

座敷で耳に入った言葉の断片から、およその察しはついていたが、自分の口から話せる内容ではない。篠屋に来てから半月ほどたつが、まだ一度も口をきいたことがない相手だった。

薪三郎はすぐに前垂れを外し、後をお孝に頼んだ。

綾は薪三郎の後に続いて座敷に上がり、お簾の横に控えめに座った。

「この者が、料理人頭の薪三郎です」

とお簾は客人に紹介し、薪三郎を返り見た。

「こちら様は白河《しらかわ》藩江戸屋敷の、向井氏安《むかいうじやす》様。三日前の二十七日に、六人様でここに上がられて、お前の料理を召し上がったと……。ところが、その夜中から、お一人が苦しみだしたそうでね。うちの料理で食中《しょくあた》りしたと、苦情を言っていなさるんだよ」

「食中り……？」

薪三郎の細い目が猫のように細くなり、長い顎《あご》がさらに長くなった。

「まあ、お聞き。寝込んだお方が、そう言っていなさるだけで、そうと決まったわけじゃない。向井様は、原因を突き止めるためにお越しになられ……」

「いや、おかみ、わしはそうは申しておらんぞ」

正座している向井が、太い眉を吊り上げ、声を荒げた。

見たところ、薪三郎より二つ三つ上だろう。ずんぐりして、猪首《いくび》で、ドングリ眼を見開いている。羽織の家紋は白河藩の〝違い鷹の羽〟。その語尾と言い回しに、奥《おう》州《しゅう》独特の訛《なま》りがある。

「原因は明らか、と申したではないか。キノコを食した夜から苦しみだし、吐瀉下痢《はきくだし》が止まらぬ。すぐ医者に診せたところ、キノコ中毒という診たてだった。そこで、何キノコをどう調理したか、詳細を承《うけたまわ》りたいと思って参ったのだ。その者は、今は治療を受けて小康状態だが、もし万一の事態が生じた場合、当方はそれなりの措置を取る所存である……とそう申したではないか。篠屋の出方次第では……」

「まあまあ、向井様、どうぞお平《たいら》に。篠屋は、二代前から鑑札を頂戴している、お上公認の船宿でございます。逃げも隠れも致しませんよ」

とお簾は余裕の笑みを見せる。

「ただし、説明もお聞きにならぬうちから、篠屋と決めつけるのは、少し早すぎやしませんか、とあたしは申しているのです。うちを出られてからどこへ行かれ、何を召し上がったか、お確かめなすってのことでしょうか」

「当日は、よそへ寄らず、篠屋だけだったそうだ」

お簾はぐっと言葉を詰まらせたが、

「そうでございますか。ではどんなものをお出ししたか、薪さん、まずは正直にご説明申し上げておくれ。綾さんは、その一部始終を書き留めておくように」

と腰は低いながら、一歩も引かない態度を示す。

「その前に、ちょっと確かめさせて頂きます。綾さん、宿帳を……」

お簾は、綾が畏《かしこ》まって差し出す宿帳を受け取り、その日の頁を開いた。

「当日お見えになったのは六人様で……あら？　向井様はお見えじゃなかったのですね」

「来る予定だったが、当日、のっぴきならぬ用が出来《しゅったい》したのだ」

「まあ、そうでございましたか。宴会の目的は、勤番で江戸屋敷に来られたお方の歓迎会でございますね」

一人一人の客の顔を思い出すように言う。

「歓迎なさる側は、半田久三郎《はんだきゅうさぶろう》様、大和元蔵《やまとげんぞう》様ほか三名様、歓迎されたのは穂坂柊一郎《ほさかとういちろう》様……。この穂坂様でございますね、寝込まれたのは」

「うむ」

「篠屋は初めてのようですけど、なぜうちをお選びくださったので？」

「実は……選んだのはそれがしだ。他藩の者から、篠屋のキノコ料理がうまいと聞いたので、ぜひ一度食してみたいと思ってな」

「それは有り難いことでございます」

「皆は献立表を見て、全員一致で〝松〟を注文し、これが美味《うま》くて余さず食ったという。だが主客の穂坂がその夜に倒れ、三日めの今日も、まだ熱も下がっておらぬ」

「でも穂坂様お一人が体調を崩されたのは、旅の疲れがあったとは考えられませんか？」

「いや、一人ではないぞ。浦田《うらた》ほか二名が具合悪くなったが、若いだけに軽くすんだようだ」

「それはそれは。薪さん、〝松〟とはどんな料理か説明しておくれ」

お簾は、目を据えて言う。

「これは旬のキノコを使った〝キノコ尽くし〟で、うちの一番人気です」

薪三郎は、ごく平静な声で答えた。

前菜は、ヒラタケ、シメジ、マイタケ、マツタケを煮付けて豆腐に混ぜ、箱に入れて蒸し、小口切りにしたもの。

次に、マグロと鯛《たい》の刺身。それと一緒に出した〝茶碗蒸し〟は、ハツタケ、銀杏《ぎんなん》、百合根《ゆりね》、三つ葉、鶏《とり》。

主菜の〝キノコ鍋〟はヒラタケ、シメジ、シイタケに、白菜と鴨肉《かもにく》を入れたもの。

最後は〝マツタケ御飯〟、吸い物はアサリ。

「以上ですが、これが、どうしたといいなさるんで？」

薪三郎は、むしろ軽い調子で続けた。

「参考までに申し上げますと、あの日〝松〟を注文したお客様が五、六組あって、十何人もの方が召し上がりました。ですが今のところ、一件も苦情は来ちゃおりませんよ」

「どうだろう、そのヒラタケとはいかなるものか、見せてもらえんか。それがしは浅学のため、食したことがない」

向井が、四角い顔を怒らせて言う。

「ああ、よく出るもんで、あいにくもう品切れでして」

「どこから仕入れた？」

「あれは、キノコ爺さんと呼ばれる棒手振《ぼてふ》りからでした」

「なに、棒手振りだと？」

「へえ、毎年、旬《しゅん》になれば、房総で採れる新鮮なキノコを売りにくる爺さんです。もう四、五日したらまた来ますが……」

「あいや、それはだめだ、同じ日のものでないと」

向井は腕を組み、難しい顔で言った。

「それがしがヒラタケを名指したのは、患者を診た医者が、それが原因じゃないかと診たてたからだ」

「ヒラタケが？　お武家様、ヒラタケはマツタケに並んで、実に美味くて品のいいキノコですよ」

「いや、ヒラタケとよく似た、ツキヨタケという毒キノコがあるという。毎年何人も、

いう。

それと間違えて中毒するものがおるそうだ」

穂坂の症状は、下痢や腹痛、発熱など、ツキヨタケに中《あた》った症状とよく似ていると

「すなわち、ヒラタケと間違えてツキヨタケが売られ、気づかれぬまま調理されたのでは、と……」

「おっと、お武家様、誰に言っていなさるんで」

薪三郎は突然、下町言葉も丸出しで言い出した。

「手前はけちな包丁人ですが、貸し借りが嫌いなたちでね。一歩押し込まれりゃ、一歩返さねえと気がすまねえんでさ。平たく言えば、手前、ヒラタケとツキヨタケの見分けもつかんような、ヒョウロクダマじゃござんせんよ。そんな素人料理人は、ここら江戸の御城下じゃやっていけません。手前、十二のころから包丁持って二十年、食べられるものは大がい捌《さば》いてきたんでさ。あの爺さんは、キノコを商って五十年……江戸一番の目利きです。滅多なものは持って来ねえから、ここらの、口うるさい料亭が競って買うんです。手前も長いこと、爺さんからキノコ仕入れてますがね、一度たりとも間違いは起こっちゃいませんよ」

立て板に水の思わぬ反撃にあって、向井は膝に置いた両手を握りしめた。角張った

顔面に怒気を漲《みなぎ》らせ、

「過去になかったからといって、今後もないと断言出来るか！　思いがけぬ時に起こるのが、事故というものだ。医者は可能性を申したのだ。先を見るのが予防というものではないか」

と声を荒げた。

「あの、恐れながら向井様……」

お簾がおずおず引き取って言った。

「そのお医者様がどなた様か、伺ってよろしゅうございますか？」

「何だと？　診たてを疑うのか」

向井は目をむいて、お簾の顔を見た。

「いいえ、とんでもございません。ですが料理人がここまで申しております、お医者様にも得手不得手がございましょう。あたしらは、キノコ一本で首が飛びますからね。うちの側からも、医者を立てさせて頂きとうございます」

「その必要はない。うちの藩では定評のある、太田《おおた》黒邦《ぐろほう》周《しゅう》と申す藩医がすでに診ておるのだ」

「お言葉ですが、お診《み》たてに承服出来かねる場合、別の医者を差し向けるのはよくあることじゃございませんか」

お簾は張りのある声でまくしたてた。

「以前、近くの料亭で似たような問題が起こった時も、そのようにしたという記憶がございますよ」

「ふむ……」

向井は腕組みしたまま考えていたが、押され気味に頷いた。

「左様なことであれば、異存はない。ただ、早い方がよかろう。すでに治療が進んでおるでな」

二

「……薪さん、どうなってんの！」

向井を送り出すや、お簾は帳場に薪三郎を呼びつけ、目を吊り上げ錯乱したように叫びたてた。

「本当に、あんたに手落ちはなかったのかい？」

「おかみさん、それ、どういう意味ですか」

薪三郎は目を細めてお簾を見返し、長い顎をさすった。

「どこからどこまであの通り、手前に落ち度なんてありゃしません」

「でも、いやしくもお武家様が怒鳴り込んでみえたんだよ」

「お武家さんが、そんなに偉いですか」

「少なくともあんたよりはね」

お簾は言い返す。

「何かあれば、こっちの首が飛ぶんだから。心当たりがあったら、今のうちに言っておしまい！」

「ご冗談を……」

不貞腐《ふてくさ》れたように薪三郎は腕を組み、ポキポキと首を回した。

「はっきり言って、ありゃア見舞金目当てじゃないすか」

お簾は、吊り上げた目を見開き、まじまじと薪三郎を見つめた。

「何だって。うちに非がなけりゃ、ビタ一文、払うもんですか。高級料亭じゃないんだ。どれだけ取れるか、先様だって分かりそうなもんだ。怖いのは、原因がはっきりしないうちに、穂坂様が亡くなっちまうことだ。そうなったら、向こうも力ずくで金を要求して来るだろうし」

「うーん……。ともかく医者を早く送ってくだせえ」

「でもねえ」

とお簾は急に弱気そうに、火鉢の灰をかき回した。

「キノコ食べて腹痛起こせば、どの医者だってキノコ中毒と診たてるでしょう。そうなりゃ、うちはおしまいだ」

先ほどの元気はどこへやら、萎《しお》れた花のようにぐったりして言う。

「綾さん、その紙を見せておくれ。これが何かの役に立つかねえ」

向井とのやりとりを必死で記録した綾は、お簾のこの急な落ち込み方に胸を突かれた。さっきはあんなに突っ張って敵を撃退したのに。われに返って、現実の危うさが身に迫ったのか。

たしかに患者に万一のことがあれば、篠屋は何日か営業停止になろう。もし快癒したとしても、相当額の慰謝料を払わされよう。借金漬けの篠屋としては、いずれに転んでも存亡の危機に違いなかった。

「そりゃ役に立ちますとも!」

励ましたい気分に駆られ、綾は紙を渡しながら言った。

「これを読めば、うちに落ち度がないことが分かります。そうであれば、この食中りには、何か別の事情があるはずでしょう。おかみさん、ここは負けられませんよ」

「分かってる。ああ、そこらにうちの旦那様がいないか、見て来ておくれ。それから、千吉とお波も呼んでちょうだい」

　主人の富五郎は、昨日から帰っていないという。

　それを聞いてお簾は舌打ちし、心当たりの近所の宿の名前を二、三挙げて、富五郎を探し出すよう千吉に命じた。

　帳場の長火鉢の前には、お簾を囲むように、薪三郎、お波、綾、お孝が集まった。少し遅れて、古株の船頭亀作《かめさく》と新参の弥助《やすけ》も加わった。

　弥助は、以前は春になるとニシン漁に出稼ぎに行く〝やん衆〟だったが、今は船頭に収まっている。ずんぐりして筋骨逞しく威勢がいいので、〝弥ん衆〟と皆に呼ばれている。

　事情を知って不安げな一同を見回して、お簾は言った。

「いいかい、みんな、このことは世間様には内緒だよ。それとお波、御膳を運んだのはあんたでしょ。どんな具合だったか、様子を聞かせておくれ」

「……はい」

お波は皆の注目を浴び、丸い愛嬌のある顔を真っ赤に上気させた。

「あの日、お武家様たちはすごくご機嫌に酔って、宴会は盛り上がってましたよ」

思い出すように、自分の言葉に頷きながらこう話した。

半田や大和は、主客の穂坂がキノコが大好物と知っており、喜ばそうとお勧めの〝松〟を注文したようだ。案の定、穂坂は舌鼓《したつづみ》をうって喜び、さらにヒラタケとシイタケを炙《あぶ》ってスダチを添えたものを、別注文したという。

「あ、それそれ……」

話をじっと聞いていて、薪三郎が割り込んだ。

「今の話で、濡れぎぬは晴れましたよ。うっかり忘れてたけど、キノコを網の上でひっくり返して焼いたんです。ツキヨタケなら軸の付け根が黒いから、一目で分かるはずだ。だがあれは黒くなかった、間違いなくヒラタケでした」

「としたら、穂坂様は何に中《あた》ったんだろうね？」

とお簾が首を傾げる。がやがやと皆が私語を囁いているところへ、千吉が息をはずませて戻ってきた。

「旦那様は、すぐ近くにいなさったんですが、放っとけと……」

千吉は、綾の知らない料亭の名を挙げて言う。

「放っとけと？　じゃあ戻ってこないんだ？」

「すぐにはね。しょせん見舞金が目的だから、様子を見て幾らか包み、有耶無耶《うやむや》にしちまえばいいと」

「………」

お簾は何か呟いて、吊り上がり気味の目が一瞬うるんだ。

「いや、おいらは、見舞金ほしさたァ思いません。これには何か裏がありそうだ」

その涙を見て、千吉が慌てたように口を挟んだ。

「薪さんがそれだけ自信あるなら、ちっと探《さぐ》ってみますかね」

「でもどうやって。白河藩にはご縁も手がかりも、ありゃしないんだ」

「いえ、少しあります」

それまで熱心に宿帳をめくっていた綾が、口を挟んだ。

「この宿帳を見てみると、九月に入って秋田藩、土佐《とさ》藩、尾張《おわり》藩の方々が見えてます。向井様はたしか、〝他藩の者〟から篠屋のことを聞いたと仰《おつしや》った。それは、この中のどなたかじゃないですか？」

と指摘したのである。

するとお波が、何か思い出したように頷いた。

「あっ、そういえば誰だったか、キノコを褒めてる方がいましたよ。えぇっとあれは、よくお見えになる秋田藩の……」

「え、あの佐竹屋敷の？　じゃ世話役の佐内長五郎《さないちょうごろう》様だよ」

とお簾が手を打った。

「佐内様はうちの常連さんで、大変な食通でいらっしゃる。それにたしか、藩組合だかの世話役をしておいでだ」

各藩邸には江戸家老ともいうべき御留守居《おるすい》がいて、他藩と〝留守居組合〟を作って、情報交換をしている。佐内長五郎は勘定方だが、留守居の命《めい》で、この組合の世話役をつとめているという。

「千吉、佐竹屋敷はあんたの縄張りでしょう。佐内様に何かつながりはないの？」

「いえ、大ありでさ。佐内の旦那ならよく知ってますよ、おいら、あのお方の〝縁《えん》側《がわ》〟ですからね」

「何よ、縁側って。お庭番のことかい？」

「へへへ、しゃれですよ」

と肩をすくめて笑った。

千吉は人なつこいためか、佐内に呼ばれることがあり、そんな時は庭を通って御用部屋の縁側で喋るのだ。それを〝お庭番〟としゃれで言ったらしい。

「行けば茶菓子が出て、あれこれ訊きなさる。おいらは適当に世間話をして、美味《うま》い茶を啜ってくるんでさ」

「ふん、いつも姿が見えないと思ったら、そんなことしてるのかい。ま、白河屋敷の内部を探るには、佐内様を突っつくのが近道かもしれないね。ただし、食中りのことは内緒だよ」

「合点です」

「それと、とりあえず口裏合わせてくれそうなお医者だけど……」

「こっちは潔白なんだ、そんな悪徳医師に頼む必要はねえでしょう」

と新三郎がムッとしたように言った。

「いや、いい医者がいます。新材木町《しんざいもくちょう》の仙石玄斎《せんごくげんさい》先生は、どうすかね。町医者だが、小伝馬町《こでんまちょう》の牢医を掛け持ってて、話の分かるお人だ」

千吉が持ちかけると、おかみは頷いた。

「仙石先生は『花之井』さんが行きつけだよ」

「よし、決まりだ」

と、千吉は腕組みをほどいて、膝を打った。

「おいら、これから八丁堀《はっちょうぼり》まで行くんで、途中で新材木町に寄ってみますよ。たぶん今日の今日は無理だろうし、おいらもお供したいから、明日の方が都合がいい。それと八丁堀の帰りが早ければ、佐竹屋敷に寄って来ます。じゃこれで……」

千吉はお簾に目で挨拶して、そそくさと出て行った。

「さ、皆も仕事に戻っておくれ」

その一声で、皆も立ち上がった。ようやく微かな見通しが出て来たのである。猪牙舟にご用のあるお客が、おーい、と玄関前で船頭を呼んでいた。はい、ただ今……と弥助が飛び出して行く。

篠屋は再び、動き始めた。

昼を過ぎると、『花之井』のお蔦が顔を出した。

お蔦がこうしてやって来て、何やらひそひそ話し込んで行くのは、ご近所の悪口を言う鬱憤晴《うっぷんば》らしと決まっている。

綾は、この隙に買物を済ませて来ようと身支度していると、お簾に呼ばれた。

「綾さん、ちょっと使いを頼まれておくれ」

お蔦はもう帰った後で、お簾はせわしない口調で言った。

「いま『花之井』のおねえさんが来て、伝言を持って来てくれたの」

お蔦は、仙石治療院でバッタリ千吉に出会ったという。お蔦の顔を見るや、これ幸いと、こんな伝言を託した——。

〝仙石玄斎先生は、今日はこれから急患で往診がある。明日からも予約が入っていて、体が空くのは三日後になる。だが幸い子息の圭斎《けいさい》先生なら、もう少しで出られるという。そこで若先生にお願いした。ついては篠屋からも誰かを派遣して、現場に立ち会わせてほしい〟

〝若先生とは、今日七つ（四時）ごろ、山下御門《やましたごもん》で待ち合わせの予定で、それより先に篠屋の者が行って待っているように。白河屋敷は御門を入ってすぐ左だ……〟

というものだった。

「綾さん、行って立ち会っておくれでないか」

とおかみは躊躇《ちゅうちょ》なく言った。

「知っての通り、うちは七つころからかき入れ時でね、誰も手が空いてないんだよ」

「分かりました。でも……何をすればいいのですか」

不安げにお伺いをたてると、おかみは首を振った。

「ううん、何もしなくていい。ただ診察に立ち会って、患者さんの様子をよく見て来ることだ。道順は船頭の磯次にお訊き……」

三

磯次の説明では――。

山下御門とは日比谷《ひびや》の濠《ほり》にかかっている橋だから、男の足では、そう遠くはない。だが女の足では、半刻（一時間）近くかかるだろうという。

「ただ迷わずに行くには、遠回りすることだ。大伝馬町《おおてんまちょう》通りをどんどん進めば、御濠に突き当たる。そこから濠沿いに南に下って行け。いずれ数寄屋橋《すきやばし》が見えて来る。そのすぐ先の左手に、山下御門はある」

綾にとって、大変な一日となった。

紺矢絣《こんやがすり》の銘仙《めいせん》の普段着に、帯だけおかみから借りて締め直し、いつもの筆記用具と帳面を忘れずに持って宿を出た。

秋の日差しは暖かいが、日陰に入るとひんやりする。だが言われた通りにずんずん歩いていると、額がじっとり汗ばんできた。

山下御門の前に立った時は、お天道様《てんとさま》が西に傾いていた。

綾と前後して駕籠でやって来た人物は、クワイ頭が似合う、大柄でおっとりした二十代前半の若者で、一目《ひとめ》で若先生と分かった。

綾はこの先生に従って、人が慌ただしく出入する夕暮れの御門をくぐった。

「……穂坂様は、死んじゃいなかったんだね？」

用を済ませて帰ると、お簾はあけすけに問うた。

「はい、嘔吐《おうと》、下痢、発熱は治まったようですが、まだふらつくそうで、寝ておられました……」

綾は仙石医師について、白河屋敷の庭内にある御長屋の一つに案内された。そこは中級藩士の住まいらしく、穂坂が伏せっていた二階の奥の間には、よく手入れされた坪庭があった。その部屋で若先生は、幾つか質問し、触診、脈診、瞳孔《どうこう》検査などをしたのである。

「で、先生は何と？」

「いえ、その場では何の診たてもなさいませんでした」

父玄斎に確認してから診断書を出します、と言い置いて、席を立ったのである。あいにく例の向井氏安が不在で、半田久三郎が代理で応対したため、詳細は言わなかったのだろう。

綾の説明を聞いて、お簾はなお不安げに眉をひそめている。

「じゃ、いつはっきり分かるの」

「明日、玄斎先生が小伝馬町に向かう前に、診断書に署名を頂くそうです。わたしが伺って、診たてを聞いて参りましょう」

そんな話をしているところへ、千吉が顔を出した。

「ごくろうさん、ま、お座りな」

お簾は、綾の報告をまず伝えてから、畳みかけるように問う。

「で、佐内様はどうだった？」

「いや、いろいろ苦労しましてね……」

千吉は、佐内を訪ねる口実作りに、頭を悩ませたという。

だがちょうど今日、八丁堀に行った時、ある事件を聞き込んだ。佐内は先日、呑んでの帰り道、屋敷近くで不審者に襲われそうになったという。それを使うことにした。

佐内を訪ね、千吉がくどくどその見舞いを口にしていると、相手はあっさり聞き流し、自分から言い出したという。

「ところで千吉、白河屋敷の連中が、篠屋でキノコに中《あた》ったそうではないか。今日はその話で来たんだろう？」

千吉は目を白黒させたが、とっさに頷いてみせた。

「さすが地獄耳、大当たりです。ただ、一体どこからお聞きになったんで？」

「ははは、ここにはいろんな出入りがある。内密にすませたい話ほど、早く伝わるもんさ」

佐内は若い衆が置いて行った茶をすすめ、自分も音をたてて啜った。

「昨日たまたま向井殿に会ったんで、問うてみたんだが、篠屋のキノコに間違いないと……。しかし当の篠屋は、潔白を言い張って認めないそうだな。そこで向井殿は、他に被害がないかと思い、秘かに調べさせたらしい。それで噂が広まったわけだ」

「へえ、向井様がね」

千吉は内心驚いた。〝見舞金〟目あてと考えていたのだが、向井は思いのほか真面《ま》目《じ》《め》らしい。

「……もしや、同じ症状のお方が他におられたんで？」

「いや、それは聞いてない。中《あた》ったのは、白河屋敷の者だけだろう。連中は食い意地が張っておるからな」

飲食した六人は、みな揃って食道楽という。

白河屋敷に限らず、勤番で江戸に赴《おもむ》いた藩士らは皆、江戸の食の美味さに開眼し、食道楽になる者が続出するらしい。中でも白河藩の者らの美食は有名だという。

「ところで当の白河藩だが、いま何やら難しいことになっておるようだ。今年の春に、棚倉《たなくら》藩に転封《てんぽう》が決まったが、財政窮乏を理由にまだ移っておらんとか……」

白いものの混じった眉を軽くひそめ、紅葉した庭木に目を投げる。

藩主阿部正静《あべまさきよ》は、この慶応二年春に白河藩を受け継いだが、ほぼ同時に転封を命じられたというのだ。

先代は老中までつとめた人だが、攘夷派の反対を押し切って〝兵庫開港《ひょうご》〟に踏み切ったのが災いし、老中を罷免され減封に追い込まれた。

どうやらその仕置きが、代が変わってもまだ続いているらしい。

「キノコに中ったのは運が悪い。だが得てして、内に揉め事がある時にこんな不運が起こるものだよ」

と佐内は言ったという。

(内に揉め事がある)

綾はその言葉を耳に留めて、千吉に言った。

「〝内に揉め事がある時にこんな不運が起こる〟なんて、何だか意味深《しん》ね。佐内様は、他に何か知っていなさるのでは？」

だが千吉は首を傾げた。

「うーん、何かって例えばどんな？」

「いえ……。ただあれは、本当にキノコ中毒でしょうか」

「キノコ中毒でなきゃ、何だというの？」

お簾が聞きとがめて言う。

「相手はお武家様だからね。お医者様の診たてについて、素人が滅多なこと言うもんじゃないよ」

「すみません、うかつでした」

綾はすぐに頭を下げ、俯《うつむ》いて帳面に目を落とした。

「ああ、もう一つ、申しあげることがあります。向井様は、あの六人は、篠屋の帰りどこへも寄らなかったと仰いましたよね。それは帳面にも書いてあります。でも今日の穂坂様の話では、もう一軒寄ったと……。その名をここに書き留めてあります、『しのぶ』という小料理屋です」

「しのぶだって……？」

とたんにお簾は顔色を変えた。

綾は初めて知ったことだが、〝しのぶ〟は近くの川沿いにある小料理屋で、船宿ではないが、篠屋と客を争う商売敵《がたき》だという。

おかみの名が忍《しのぶ》といい、二年前までこの篠屋にいて、今はお波が引き継いでいる仲居をつとめていたのだ。

その若さと美貌で人気を集め、深川の薪炭《しんたん》問屋が旦那につき、篠屋の客をごっそり摑んで、目と鼻の先に小料理屋を開いた。それからは何かにつけ小競り合いが絶えないという。

「忍なら、うちの献立も料理人も知り尽くしてる。あの根性ワルのことだ、嫌がらせに何かしたかもしれないよ」

お簾は急に目を吊り上げて、激したように言いたてた。

忍が『しのぶ』を立ち上げた時、料理人の薪三郎を高給で引き抜こうとしたという。ヘソ曲がりの薪三郎はあっさり断わったが、それから数日後、薪三郎の可愛がっていた猫が、近くの草むらで死体で見つかった。

どうやら毒を与えられたらしく、誰の仕業《しわざ》かは不明だったが、忍のせいだと皆は噂したという。

毎晩、夜具の裾で丸まって眠るあの汚い猫の、それが母猫だと、綾は初めて知った。

滅多なことを言うんじゃないと叱ったお簾が、忍の名を聞いたとたん、ガラリと態度が変わったのも、驚きである。

「問題は、向井様はなぜ、〝しのぶ〟に寄ったことを言わなかったかだな。これから、忍の所へひとっ走りして来ますかね」

と千吉は首を傾げている。そこへ客がやって来て、三人は散った。

その夜ふけ、千吉は酒の匂いをぷんぷんさせて帰ってきて、お簾の眉をひそめさせた。

千吉の話では、忍は、あのキノコ中毒事件を知らなかったという。

「お前、騙されるんじゃないよ、相手は女狐《めぎつね》だからね！」

「もちろん知ってますよ、おかみさん。一筋縄じゃ、白状しねえと思いまっさ。あの夜、篠屋を出た六人は、まだ呑み足りねえと〝しのぶ〟に寄ったらしい。ただ何も食べず、香の物で徳利一本くらいずつ呑んで帰ったと……。初めての客だそうで、店は何の関係もねえと、真っ向からシラを切りましたよ」

「お前さん、そこで酒を呑んだのかい」

「へえ、手ぶらじゃ、ましな話は訊けませんや。ただし、お代は払いましたからね」

「その酒代はあたし持ちだ」

言ってお簾は、怖い顔のまま心付けを千吉に渡した。

「あの女、食中毒を篠屋のせいにするため、何か細工したに違いない。頼むよ、千吉、必ず暴いておくれ」

四

その夜、綾は台所にあった古い煤《すす》けた医学書を、寝床に持ち込んだ。

読み耽《ふけ》ったのは、キノコ中毒、食中毒……の項である。

あれこれと考えるとまた眠れなくなり、遠い帳場の物音や出入りする人の声を聞きながら、未明までまんじりともしなかった。

翌朝、賄《まかない》の食事をすますとすぐ、

「新材木町の仙石治療院まで、診たてを聴きに行ってきます」

とおかみに申し出た。玄斎が伝馬牢に出かけてしまう前、というより診断書に署名する前に、診たてを知りたいと思ったのだ。

「あ、そう……」

と姉さん祓りで帳場の掃除をしていたお簾は、いつものように何も訊かずに、あっさり頷いた。

手早く身繕《みづくろ》いをして、五つ（八時）に綾は家を出た。

空は曇っていて、朝の空気はひんやりと冷たい。あちらこちらの家の軒端《のきば》では、菊の鉢が満開に花を咲かせていて、澄んだ空気に清冽《せいれつ》な秋の香りを放っている。

だが気分は、迷路に迷い込んだように重かった。

昨日の若先生の屈託なさそうな顔を思い出すと、望むような結果にはならない予感がするのだった。

それだけではない。白河屋敷で、穂坂本人は〝しのぶ〟に寄ったと証言したのに、なぜ向井はそれを言わなかったのか、重大な疑問である。

向井の代わりに立ち会った半田は、あの六人衆の頭領格だが、穂坂が〝しのぶ〟に寄ったと言った時、沈黙していた。

そこに何かあると考えるのは、思い過ごしだろうか。

まだ人通りが少ない大伝馬町の通りを御城の方へ進み、人形町《にんぎょうちょう》通りとの交差点で左に折れ、椙森《すぎのもり》神社の参道を入った先の、和國橋《わこくばし》の近くに、治療院はある。

すでに医院は開かれており、人が玄関に溢れていた。

綾は勝手口に回って訪《おとな》いを入れ、出て来た女中に篠屋の使いと名乗って、玄斎か主斎への取り次ぎを請うた。引っ込んだ女中はすぐ戻って来て、若先生は治療中だからと、玄斎の居間へ案内してくれた。

おっとりした感じの大柄な息子と違い、玄斎は痩せて長身で、白い尤《もっと》もらしい髭《ひげ》を生やしている。

型通りの挨拶をすますと、老医師は手元の書類に目を戻して言った。

「ちょうど診断書を見ておったところだ。いま写しを書いて進ぜよう、そこで待っておれ」

「あの、その前に、お診たてを伺ってもよろしいですか。わたしも一緒にお屋敷に参りましたので、お訊きしたいことがございます……」

「ふむ、この症状からして、キノコ中毒に間違いないようだ」

「すると……藩医様のお診たてと同じでございますね」

おそるおそる言うと、玄斎は険《けわ》しい視線を向けた。

「ここに書いてある通りだ」

「一つだけ伺ってもよろしいですか」

相手の額に走った癇性《かんしょう》の皺《しわ》を、綾は見て見ぬ振りをした。

「顔や腕に、赤斑《せきはん》や紫斑《しはん》が出るキノコは、何でございましょう？」

「…………」

「ドクツルタケとか、ベニテングタケならそんな症状も出ましょうが、ここではツキヨタケとヒラタケの間違いが疑われております。でもツキヨタケは、嘔吐、下痢、全身麻痺《まひ》、痙攣《けいれん》……の症状で、顔面の浮腫《ふしゅ》までは出ないように存じております」

玄斎はグッと眉をひそめて書面に目を走らせる。

「たわけたことを申すな。顔面浮腫だの、赤斑紫斑など、そんなことはこのどこにも書かれてはおらんぞ！　患者の症状は、まさにツキヨタケの症状に間違いなく……」

「え、書かれていませんか？」

綾は大げさに驚きの声を上げて、相手を遮《さえぎ》った。

「わたし、そばで見させて頂きましたが、穂坂様の顔や腕に、赤紫の斑点が、出ていたと記憶します。わたしが知る限り、あのような斑点が出るのは、別の中毒ではないかと……」

「〝わたしが知る限り〟と？　素人のお前さんが、何を知っておると申すのだ」

玄斎はとうとう癇癪《かんしゃく》を起こして、ピシャリと文机の縁を叩いた。

「同じ患者を見ても、素人と医者は、診るところが違う。違って当然だろう。毒で腫《は》れておるのか、七転八倒してアザが出来たのか、その見分けがつくかつかんかは、医者としての経験しかない」

綾と診断書を交互に見て、苦々《にがにが》しげに言葉を吐き出し、

「素人《しろうと》の口出しすることではない、写しを持って帰りなさい」

と立ち上がりかけた医師に、

「待ってください」

と綾は追いすがった。

「差し出がましいのは承知の上ですが……わたしはキノコ中毒ではなく、別の中毒者を見たことがあるのです。穂坂様には、それとそっくりの斑点が出ていました」

「……………」

「四肢に紫斑が出る中毒とは、身近なところではおそらく……岩見銀山《いわみぎんざん》ではないかと思います」

〝岩見銀山〟とは、どこにもあるネズミ捕り剤のことで、家庭薬にしては猛毒の砒素《ひそ》が使われているのである。

「……………」

玄斎は浮かした腰をゆっくり下ろした。

「なぜそんなことを知っておる？　あんた、本当に篠屋の女中か」

「はい、女中に間違いございませんが、身内に医者がおりましたので」

父が医者だったのだ。昔、砒素で殺されかけた人を、綾は見た覚えがあった。その時、大人たちが言っていたことを、今も覚えている。〝このような患者を診た経験がないと、医者でもなかなか見分けがつかんものだ〟と。

「ふむ」

一瞬玄斎は宙を睨んだが、やおら手を叩いて女中を呼んだ。

「圭斎を呼びなさい。ただちに来るように！」

ドシドシとすぐ大きな足音がして、昨日の圭斎が入って来た。

玄斎は前置きも抜きに、診断書をかざし、いきなり言った。

「患者に、痣や浮腫は出ておらなかったかの？」

「は……？」

と圭斎は父親の顔を見た。とたんに何を察したものか、その赤く上気した顔がサッと青ざめた。何も質問せずに腕を組むや、目を閉じ、首を傾げ、しばし瞑目している。

「父上……」

やっと言葉を発した時は、その声は震えていた。

「たしかに手の甲と、臑《すね》、顎の辺りに紫斑を見ました。しかし患者は嘔吐と激しい腹痛に襲われ、厠《かわや》に行く途中、倒れて廊下を転げ回ったといいます。その上、全身が痙攣して引き付けを起こしたようになって、縁側から庭に転げ落ちたそうで……。この痣は、その時についたものと判断して差し支えないかと……」

「そうかもしれぬ。だが何ゆえ、ありのままにそう書かなかった？」

「はっ、キノコを食した他の二人にも同じ症状があったと聞き、キノコ中毒はあまりに明確と思われたのです」

「明確だと？　何が明確なんだ。そう断定出来るほど、お前は中毒患者の症例を診て来たのか？　言うてみよ、どれだけ診た、言うてみよ！」

父親は癇癪玉を爆発させていた。

「はっ、キ、キノコに関してはまだ多くはなく……」

「症状が出たという他の二人を、診察したか？　その証言は取ったか？」

「……ち、父上、自分はこれからただちに白河屋敷に参り、もう一度やり直して参ります！」

と畳にひれ伏して土下座する。

「いや、まだ少し時間があるからわしが行く。駕籠を呼びなさい」

圭斎が飛び立つように出て行くと、玄斎は白い髭をしごいてしばらく黙っていたが、やがてボソリと言った。

「……見ての通りだ、娘さん」

娘などと言われて、綾は赤くなった。

「恥ずかしいところをお見せしたが、これはわしの不明だ。急いだ方がいいと思うあまり、医者として未熟の者を行かせてしまった。申し訳なかった。先方には正しい診断書を渡し、写しを夕刻までに篠屋に届けさせよう」

綾は晴れやかな気持ちで、帰路を辿った。来る時よりずいぶんと気が楽になり、足どりも軽く人ごみを縫って行く。

誠実な医者に当たったのは、思いがけない僥倖《ぎようこう》だった。おかげで〝キノコ中毒〟は、たぶん覆《くつがえ》るだろうと思う。だが篠屋に近づくにつれ、そんな弾んだ気分はだんだんしぼんでいく。

一体誰が、何のために、岩見銀山の恐ろしい毒を呑ませたのか？　単に篠屋で騒ぎを起こすためか。それとも穂坂を毒殺するためか。そんな難問が、目前に立ち塞がっているのだった。

（そんなこと、篠屋の知ったこっちゃないよ）

とおかみは言うだろうか。

五

男たちの罵声や、棒で打ち合う音を聞いたのは、その直後だった。

飛脚や、大八車が賑やかに行き交う大伝馬町大通りを抜け、広小路を突き切って、川の匂いのする町に踏み込んだ時のこと。

角を曲がると、神田川沿いの空き地で六、七人が揉《も》み合っていた。

その中心で棒切れを振り回している若者は、船頭の弥助ではないか。どうやら篠屋の船頭が数人で、相手方を痛めつけているのだ。

「忍を呼べ、あの女が毒を盛りやがったんだ……」

「何だと、てめえら、篠屋のおかみの差し金か……」

などという罵声が行き交っていた。綾はとっさに篠屋の方へ駆け出した。磯次か、千吉がいてほしい。

運よく、篠屋の前に千吉が立っていた。

「千さん、喧嘩だよ！　そこで、うちの船頭と〝しのぶ〟の若衆が騒いでるの、早く行って止めて！」

と綾は息を詰まらせながら、叫んだ。

聞き終える前から、千吉は走り出していた。走る道々、石ころを拾って懐に詰めるのを忘れない。

綾もその後について、走った。

男どもの人数はさらに増えていた。棒切れを槍のように構えてバシ、バシと打ち合う者、殴り合っている者、組み合って泥まみれになっている者……。櫓を大上段に構えているのは、近くの船宿の船頭だった。どうやら多勢に無勢と見て、〝しのぶ〟側に加勢しているらしい。

「やめろ、やめろ！」

千吉は叫んで駆け寄り、ある距離の所で立ち止まり、石を構えて放った。石は、振りかぶった櫓にビシッと音をたてて命中した。

石は次々に凶器に命中し、乱闘の勢いを削《そ》いでいく。

そこへ大男の磯次が、木刀を片手に駆け込んで来た。

「敵も味方もとっとと失せろ！　さもねえと、痛い目に遭うぞ！」

叫びながら木刀を振り回す。

この一声で、乱闘はネジがゆるんだように止《や》んだ。磯次の木刀で、肩を潰された者がいて、その腕っぷしは定評があったのだ。十人以上に膨れ上がっていた男達は、ばらばらと散って行く。

後に残ったのは、篠屋の船頭三人と助っ人数人だった。


「喧嘩っ早いのも、いい加減にしておくれ！　流血騒ぎは願い下げだよ」

お簾は上がり框に立って、怪鳥じみた声で怒鳴った。土間に並んだ男三人がペコリと頭を下げたが、主犯格の弥助が言った。

「こりゃァ売られた喧嘩でさ、おかみさん。忍に呼び出しかけたら、やつら、棒っ切れ持って飛び出して来やがったんだ」

弥助と忍は、去年まで同じ篠屋の奉公人で、いい仲だったらしい。

「ふん、忍を呼び出してどうする気さ？　お前さん、まだあの性悪女に惚れてんじゃないのかい」

「止《よ》してくださいよ。あんな女狐一匹、頼まれりゃ、いつだって江戸湾に沈めてやりまさァ」

その時、外で船頭を呼ぶ客の声が聞こえた。

「お前たち、喧嘩さえしなきゃ腕っこきの船頭なんだけどねえ。さあ、早くお行き。どんな時でも、お客様が第一だ」

お簾は白い手を振って三人を追い払い、綾と千吉を帳場に呼んだ。

綾は、診断書が遅れていると報告した。その理由は若先生の診たてに玄斎が疑問を抱き、自ら屋敷に出向いたからだと。それ以上の詳しい事情は省《はぶ》いた。

お簾は何か訊きたそうだったが、千吉が何を思ったかすぐ出て行ったので、綾も台所に戻る。山のような雑務が待っていた。

それから一刻ばかり、あちらの部屋こちらの部屋と駆け回った。

台所に通じる廊下にふと立ち止まったのは、八つ（二時）過ぎだったろうか。勝手口の向こうに誰かいて、細めに開けた引き戸の隙間から、中を覗いている気配である。

「あら、どちらさま……」

言いかけて、口を噤《つぐ》んだ。急に戸が、大きく開いたのだ。

顔をのぞかせたのは、綾と同じ年恰好の女だった。柳腰のほっそりした胴体に、まっ白な小顔が載っている。ぱっちりとした黒目がちな目、筋の通った鼻、形のいいおちょぼ口。すべてが、定規《じょうぎ》で計ったように納まっていて、京人形のような美貌だった。

着物は地味だが粋な小紋で、芸者衆とはどこか違う。まじまじ見ながら綾は直観した。これが噂の張本人の忍では……。

「おねえさんは、いなさる？」

と女は、よく通る声をひそめるようにして問うた。

「はい、あの……」

と言いかけたとたん、帳場の襖がガラリと開いてお簾が現れたのだ。

「おや、忍じゃないか、あたしに何か用かい」

「まあ、おねえさん、怖い顔しなすって……。怖い顔したくなるのは、あたしの方ですよう」

語尾を引きずる甘えた口調で、女は言う。

「あの荒くれ共をけしかけて、うちの男衆を可愛がってくれたそうじゃありませんか。困りますゥ。あの二人、弥ン衆みたい暴れ者と違って、都会者なんですから。袋叩きにされて腕や額は傷だらけで、今お医者に行ってます。今日のつとめも出来なかったら、どうしてくれますゥ」

「先にけしかけたのはあんたじゃないか。弥ン衆が言ってたよ」

「おねえさんたら、相変わらずだこと。身内の肩ばかり持って……。あいつらがあまり無法をするなら、こっちも黙っちゃいませんよ」

「誰に言うセリフ？　お前なんぞに言われる筋合いはないよ」

「あらあら、お店で食中毒起こしたからって、そうひねくれることもないでしょうに」

「あの件はまだ調べ中で、いま話すことは何もない。つべこべ言わずにお帰り。でも、いいかい、忍、いつまでもお天道さんが照ってると思うんじゃないよ」

言い放ってお簾は中に引っ込み、ピシャリと襖が閉まった。


そのころ千吉は、仙石玄斎を追いかけて、白河屋敷にいた。

玄斎には間に合わないだろうが、すでにお屋敷で診たてを述べたはずだ。それを聞いて、白河側の出方を摑もうと思ったのである。

途中、日本橋の行きつけの蕎麦《そば》屋で腹ごしらえをし、白河屋敷の前に立った時は、曇の切れ目からさす陽は頭上にあった。

抜け目ないことに、千吉は佐内を訪ねた時に、向井氏安への紹介状を書いてもらっている。門の入り口で〝篠屋手代千吉〟と名乗り、紹介状を見せて向井への取り次ぎを頼んだ。

通用口横の待合所でしばらく待たされた。そこには何人かの町人が、帳面や献上品を持って控えていた。やがて千吉は、その近くの小座敷に呼び入れられて、向井と対座したのである。

千吉が挨拶をすると、向井は濃い眉をひそめて言った。

「仙石先生は先ほど帰られたが、どうも難しいことになった。キノコ中毒ではないという診たてだ……。使われたのは砒素のようだが、毒が少量だったため、命に別状なかったのだと。今、うちの藩医にそのむね伝えて、再診を頼んだところだ」

「そうですか。すると、篠屋は無罪放免ってわけですね？」

とまずは千吉が一歩詰めた。

「いや、そうはいかぬぞ。篠屋で飲食して体調を悪くしたのだ。可能性は減じることになろうが、疑いは残る」

「篠屋のあと、ご一行様は近くの小料理屋に寄ったそうですね。失礼ながら、向井様はそのことを把握なすっておいでですか」

「〝しのぶ〟のことか？」

向井は角張った顔を、さらにしかめた。

「それなら穂坂に聞いておる。最初、話の訊ける状態ではなかったから、同行していた連中に事情を聞いたのだ。連中は、〝しのぶ〟では何も食さず、徳利一本ずつ呑んだだけだから、あえて名を挙げなかったと申した」

「しかし向井様、ご一行様が立ち寄った以上は、ぜひお調べ願います」

「むろんだが、特に何か出るかの……」

篠屋に怒鳴り込んで来た時と比べて、向井はえらく元気がない。

何か別の事情があるのかな、と千吉は勘ぐったが、口にはしない。

「そりゃ、向井様、疑わしい点は大ありですよ。実は〝しのぶ〟と篠屋は、仲が悪くてね。篠屋の方は相手にしちゃいませんが、〝しのぶ〟の方は、商売敵《がたき》とばかりあの手この手で嫌がらせをする。どんな悪だくみでもしかねない……」

「ほう」

「篠屋の主人はコトを大きくしたくない意向ですが、あそこが絡むなら、お上《かみ》に訴えてもはっきりさせたいと」

「ふーむ、少し調べてみよう。追って連絡する」

向井は言って、席を立った。

六

ピシャリと閉まった襖が、すぐに忍の側からガラリと開かれた。

「ちょいとお待ちよ、おかみさん……。こちらが下手《したで》に出てりゃ、言いたい放題、これじゃまともな話も出来やしない」

「まともな話？　お前にそんな話が出来るのかい！　つい昨日今日まで、枕芸者もどきで稼いでたくせに」

「何だって、もう一ぺん言ってごらんな」

「ああ、何度でも言う。芸事ひとつ出来ないくせに芸者ぶって、男とみりゃ見境いなく転ぶ女を、枕芸者もどきって言うんだよ」

「なに寝言言ってんだい。あんたこそ柳橋時代、枕芸者だったんじゃないか。モドキじゃなく本物のね」

言いざま忍は飛びかかり、振り返り気味で応じていたお簾の髷を摑んで、思い切り引っ張った。

「キノコ中毒を、うちが細工したって？　冗談じゃない、罠をかけようったってそうはいかないよ、狸婆《たぬきばば》ァが」

「あれェ、何するんだよ、この性悪女が。騒ぎは止めておくれ！」

いきなり髷を引っ張られ、お簾は空しく宙をつかんだ。のけぞったところで髷を放したから、お簾はよろけ、何とか踏みとどまった。

「食い詰めて転がり込んで来たくせに、このあたしに手を上げるのか。用がなけりゃとっとお帰り！」

「大事な用があるんだ、若い衆の治療代を出しておくれ！」

言いざま忍は、お簾のはだけた胸にのぞく紙入れを、取ろうとした。だが取り損ない、一かきの引っ掻き傷が白い肌に細く深く刻まれた。

「キャッ、誰かァ、このあばずれを抓《つま》み出しておくれ」

滲む血を見て逆上したお簾は、叫びたてながら、忍に体当たりして行く。若くてほっそりした忍より、太めの熟女のお簾の方が力も強かった。

忍は突き飛ばされてよろけ、思わず襖にしがみついた。

バリバリと音をたてて、襖が勝手口側の廊下に倒れた。忍がもんどり打って倒れた拍子に、裾がめくれあがり、赤い蹴出しから白い足がむきだしになった。

すでに新三郎やお孝が駆けつけていて、止めようとしたが止まらないのだ。

薪三郎が踏み込んで引き離そうと試みたが、組んずほぐれつの妖しい姿態にたじろいで、手を出しかねている。

「お止めください！」

見かねてお簾に飛びかかったのは、綾だった。

それまでずっとそばにいて一部始終を見ており、心の臓が飛び出しそうだった。忍の上に馬乗りになったお簾は、すでに上半身裸の状態である。

綾はとっさに抱きついて、自分の前垂れでその胸を覆い隠した。

「ともかくともかく、お平《たいら》に……」

と綾は、お簾の口癖を口走っていた。

「お二人とも何か誤解しておられますよ。説明すれば分かることですから……」

その声に、お簾はがっくりと力を抜いた。

我に返ったように長火鉢の方へ這って行くし、忍はのろのろと起き上がって、幽霊のようにこの場から立ち去ろうとする。慌てて綾が引き止めると、さすがにそのましゃがみ込み、崩れた髷を、気怠《けだ》るそうに直し始めた。

「お孝さん、悪いけど濡れた手拭いとお茶を、お二人に出してくれますか。皆さん、持ち場に帰ってください！」

言われて、息を呑んで見物していた者らが引き揚げて行く。

綾は破れて倒れている襖を、一応は元に戻した。そこへ濡れ手拭いと熱いお茶が出され、ようやく騒ぎは収まった。

お簾は気分が鎮まったのか、顔を拭いて化粧を直し始める。そのそばに綾は座って、キノコ事件を簡単に説明してから、言った。

「そもそも誤解の元は、白河屋敷の向井様が、篠屋の帰りに〝しのぶ〟に寄ったことを仰らなかったからです。それで篠屋の方では、そこに何か謎があるように思ったのです」

二人は何も言わず、てんでに髷をいじっている。

「実は、今度のこの事件、原因は毒キノコじゃないんです。使われた毒は、岩見銀山ネズミ捕りなんですよ」

と綾が引き取って言った。

「何だって？」

ビクッとしたように、忍は目を上げて綾を見た。

「猫なんかも簡単に殺せるネズミ捕りの薬、お宅にもあるでしょう。使ったことはありませんか」

忍は目を光らして、じっと綾を見つめている。

「あ、いえ、疑ってるんじゃない。わたし、おたく様の無実を証明しようと思ってるんです。だからあの夜にあったことを、何でもいいから話してくれませんか。きっと何か手がかりがあるはずです」

忍は片足立ちを組み替え、正座してじっと考え込んだ。

遠くを鋳掛け屋《いかけや》の声が、ゆっくり通り過ぎていく。

「何もないね、特に思い出すようなことなんて……。六人様でドヤドヤと入って来て、何も召し上がらずに呑んでおいでだった。すぐ帰られて、お代は……お頭《かしら》みたい方がまとめて払って行かれた」

「会話は、どんなことを？」

いつの間にか帰って来た千吉が、割り込んで訊ねる。

「いちいち覚えてないけど、国元の話をしておられたみたい。ああ、そうね……一つ覚えてることがある」

と微《かす》かな閃《ひらめ》きを追うように、忍は首を傾げて言った。

「途中で一人のお侍が厠に立って行かれたの。そしたらそれまで賑やかだった五人がピタリと静かになって、大丈夫か、と誰かが低い声で囁いた……」

五人はそれきり黙り込んでいたから、微かな不審感が忍の記憶に刻まれたのだ。あとでキノコ中毒のことを知らされた時、中《あた》ったのはあの厠に立ったお侍で、もうあの時から症状が出てたのかな、と思ったという。

綾は千吉と顔を見合わせた。

帳面を見るまでもなく、向井は、穂坂に中毒症状が出たのはその夜中と言ったのだ。〝しのぶ〟に寄った時点では、症状はまだ出ていないはず。では五人は何の話をしていたのだろう。

つと立ち上がった千吉は、いっぱし十手者の顔になって言った。

「おいら、たった今、白河屋敷から帰って来たんだけどさ、もう一度行ってくる」

七

白河側が突然訴えを取り下げたのは、その翌日のことだった。

伝えに来たのは向井の配下の者で、後ほど向井本人が挨拶に来ると言い、一礼して帰って行った。

理由は、〝穂坂が快方に向かっているため、騒ぎを広める必要はないと判断したから〃というものだ。篠屋一同は狐につままれたようだったが、大事に至らなかったことに、まずは胸を撫で下ろした。

ところが向井はいっこうに現れない。千吉までが昨日出かけたきり、帰って来ないのだ。一体どうなったのか、あの報せは誤報だったのか、とお簾は一人ヤキモキしていた。

すると二、三日たった雨の夜、その千吉が、ひょっこりと帰って来た。それも一杯機嫌である。

「お前、鉄砲玉のように飛んでったきり、一体どうなったのさ。伝言ひとつなくて、あたしゃ命が縮んだよ。向井様もあれっきりで、ちっともお見えになりゃしないじゃないか」

お簾が捉まえて、激しく攻めたてた。

「ややっ、向井様はまだお見えじゃないですか」

と千吉は、濡れた頭をかいて謝った。

「いや、実は、あれから白河屋敷は大変でしてね。もっともおいらは、たいして関係ねえんですが」

「何があったの、関係ないならどこで何してたんだい？」

「いえ、よそに回る用がありまして……」

「使えないねえ……ッたく。よそに回るなら、連絡の一つもあってよかろうじゃないか。大事な時に、気が利かないったらありゃしない！」

「いえ、おかみさん。実は、あの五人衆のことを、向井様に進言したのはこのおいらでしてね。ええ、まずはこちらをお調べになった方がいいと……」

千吉はいっこうにへこたれず、意気軒昂《いきけんこう》である。

「するてエと向こうさんは、この駆け出しの下っ引に、頭《ず》を下げたんですよ。こう両手をついてね、このことは内密にしてほしいと。あの頭の高いイノシシ侍が、おいらに頭を下げたんですぜ、ハハッ」

「…………」

「しかしあの旦那、ああ見えてもただのイノシシ侍じゃねえ。すでに内密に手を回し、調べていなさったんでさ。おいらは、説明してくれと頑張った。内密に出来る話と出来ねえ話があるとね……そうでしょうが、良からぬ噂がたっちゃァ篠屋はどうなるかってんでね。で、旦那は、この頭の固い下っ引に事情を分からすため、やむなく一部始終を話してくれたってわけです」

それによると……。

そもそも穂坂が、勤番として江戸に派遣されたのは、国家老《くにがろう》の命《めい》によるものだった。藩財政が逼迫《ひっぱく》している折から、江戸藩邸での乱脈な浪費が、今年の初めごろから問題になっていたという。

どうやら江戸詰の勘定方に不正があり、公金が遊興に使われているとの疑いが浮上したが、やり口が巧妙でなかなか実態がつかめない。

そこで家老の懐刀《ふところがたな》の穂坂が勘定方として藩邸に入り、内偵を進めることになったのだった。

向井を除く勘定方五人は、それを事前に察し、一計を案じた。

というのも向井は、江戸屋敷の勘定方ではあるが、〝留守居組合〟の世話役や外との折衝にかり出されることが多かった。そのため同僚の五人衆とは、少し距離が出来ていたのである。

何も知らぬ向井にわざわざ用事を拵《こしら》えて歓迎会を欠席させ、穂坂が厠に立った隙をみて、ネズミ捕りの薬を料理に少し混ぜたのだという。

〝しのぶ〟に寄ったことを、向井に報告しなかったのは、話を広げず、〝篠屋のキノコ中毒〟で貫き通したかったからである。

だがそのことが、向井が、仲間に疑問を持つきっかけとなった。

他に体調を崩したという者にも、問いつめてみるとどうもあやふやで、口裏を合わせたふしがあった。

それで混乱しているところへ、仙石玄斎が乗り込んで来たのである。

一味の企みは暴かれ、すでに首謀者五人は国元に送られたが、下役人にも共謀者がいるとかで、白河屋敷は今も揉めているという。

「……てなわけで、おいら、白河屋敷を出てから、佐竹屋敷に回ったんです。呑み屋でさらに聞き込んだりもしたんですが、誰の話を聞いても、白河藩お役人の派手な芸者遊びは、有名だったようでね。それと、藩医の大田黒先生は、名うてのヤブらしい」

「ふーん、そうかい。それはたいしたお手柄だったじゃないか」

お簾は、さすがに感心したようだが、どこかトゲがある。

「それはそれとして、お前はそれから、どこで何をしてたんだい？」

「へえ、そ、そいつはどうも……」

と千吉は具合悪そうに笑って、頭を掻いた。

「ちょいと軍資金が入ったんでね」

「軍資金？」

「つまり口止め料でさ」

白河屋敷で、篠屋より五人衆が怪しいと進言すると、向井はやおら頭を下げ、懐から金の包みを出して押し付けたという。

「……幾らだったの？」

呆れたようにお簾が問うと、かれはまたにやにや笑った。

「なに、吉原で一晩どんちゃん騒ぎしたら、ぼた雪のように消えちまう額でさ」

「お前ってやつは！」

お簾が怒って手を振り上げたが、その手を掴んで止めた者がいた。いつの間に来ていたのか、薪三郎が立っていた。

「いいってことですよ、おかみさん。この坊やだって、命張って頑張ったんだから」

「命張った？　こいつがどうやって……」

「いや、おかみさん、向井様がひとかどのお侍だったから良かったんでね。そうだろ、千坊」

と薪三郎は、同意を求めるように千吉に顔を向けた。

「本物のイノシシ武者にぶち当たってたら、危ないところだったぜ。藩屋敷なんて、幕府《おかみ》の手の届かぬ暗闇だからね。裏の古井戸に放り込まれて蓋をされ、知らぬ存ぜぬと口を拭われちゃ、永久に行方知れず……おばさん泣かせておしまいだ」

その言葉に千吉は初めて真顔になり、黙り込んだ。

それきり薪三郎は何も言わず、台所に戻って行ったのだが、その帰りがけ、襖の陰にちんまり座っている綾に気がついた。

綾は頷きながら、熱心に聞いていたのである。薪三郎は、おや、こんな所に……という顔でふと立ち止まり、低声《こごえ》で言った。

「これであんたには、借りが一つ出来ちまったね」

第三話　満天丸《まんてんまる》

一

「何やってんでェ、この馬鹿が！　逆だよ逆！」

川の方からそんな罵声《ばせい》が、風にのって聞こえてくる。

「向こうから、こう引いて漕ぐんだ。向こうから引いてこう……。そう、向こうからこう……」

待ちに待った炬燵《こたつ》開《びら》きの日が、近づいていた。

十月の一番めの亥《い》の日が武家、二番めの亥の日が町人の解禁日である。炬燵や火鉢や手焙《てあぶ》りなどが、ようやく使えるようになり、冷えきっていたお座敷や茶の間を暖めてくれる。

　そのため篠屋は、準備に大わらわだった。

　この午前、お孝と綾が、土蔵から幾つもの暖房具を出し終えた時に、そんな罵声が聞こえてきたのだ。

「あれは、磯さんの声だね」

　火鉢の埃《ほこり》を拭き落としながら、お孝が言う。

「そう、またあの目見え《めみ》（見習い）の子が、叱られてるんですよ」

「竜太《りゅうた》とかいったっけ」

「ええ、ちょっと見て来ましょうか」

「ふふふ……ちょいと腰を伸ばそうかね」

　二人は、裏の土蔵から、篠屋の玄関先まで回ってみた。ここは下の通りより一段高い所にあるため、船着場に立って怒鳴っている磯次の後ろ姿が見えている。

「……大きく引け！　そうそう、その調子だ、腕だけで引いちゃすぐくたびれるぞ、背中を使え。全身の力ででっかく引け」

　ギイギイと櫓《ろ》の音がする。

「それそれ、両腕を伸ばしきるなと、何べん言ったら分かるんだ、このド阿呆《あほう》が！

肘《ひじ》を曲げろ！　エーイと引いて、ホウと押す。声を出してみろ。そんな蚊《か》の鳴くような声じゃだめだ、腹から声を出せ。それ、エーイ、ホウ、エーイ、ホウ……」

二人の女は顔を見合わせて、思わずクスッと笑う。さらに通りを渡って、岸壁まで行って川を見下ろした。

痩《や》せて小柄な若者が、猪牙舟に乗って、懸命に櫓を漕いでいる。

もう冷たく感じられる川風になぶられつつも、顔を上気させ、エーイホウと声を上げている。二、三日前に来たばかりの、竜太という目見えだった。

色が黒くて、みるからに風采の上がらぬ若者だ。

五尺七寸（百七十センチ）というから、さして小柄でもないのだが、同じくらいの背丈の弥助を考えれば、何故か小さく見える。

たぶん弥助は肩の筋肉が張り、眉の濃い風貌をしているせいで、実際よりがっしりと見えるのだろう。

だがこの若者は肩幅が狭いし、眉もひどく薄いせいか、実際より老けて見えるのだ。髪を伸ばして後ろで一つに縛り、生え際がやや後退しているせいか、耳と鼻がやけに大きく見えた。

「ふーん、櫓を漕ぐにも、年期がいるんだねえ」

とお孝が若者を見下ろして、感に堪えたように呟いた。

「あの子を見てると、櫓を操ってるより、操られてるみたいだ。それに何だかひねてるよ、四十くらいに見えない？」

「あら、それはひどい、十九と聞いてますよ」

「十九っていえば、うちの千吉と同じじゃないか」

「ふふふ、千さんはひょろりとして童顔だから……。それに千さんは自分のこと〝おいら〟っていうけど、あの子は〝わし〟って言いますしね」

綾が言うと、お孝は一瞬妙な顔をし、二人はまた笑いになった。


この若者を連れて来たのは、両国の口入屋内田である。そばに畏《かしこ》まって座った若者を見やって、内田はこう紹介した。

「この子、今どき珍しいことに、船頭になりたいってうちにやって来たんですよ。あいにく船頭の求人はあまりねえんで、こちらに相談に伺った次第でして」

そんな話をしているところへ、綾がお茶を運んで行った。

「やあ、綾さんか、すっかり馴れたようだねえ、結構結構。いいお女中になんなさった」

と内田は、我が娘を眺めるように破顔して頷いてみせた。

「でも内田のおとうさん、うち、求人は出しちゃいませんよ」

お簾が煙管をポンポンと叩きながら、辛辣《しんらつ》な口調で言った。

「あ、いやァ、そりゃその通りです。ただ、おかみさん、それも時間の問題でしょうが。篠屋さんで船頭が足りねえって話は、とうに耳に入っておりますよ」

「あれまあ、早耳だこと」

とお簾は呆れたように目を見開き、皮肉めいてつけ加えた。

「ま、口入屋だもの、口八丁耳八丁でなくちゃねえ」

確かに篠屋では、船頭をひとり補給する必要があった。

五十を過ぎても腕が良かった最年長の甚八《じんぱち》が、膝の痛みを訴え、最近になってそれがひどくなった。これから冬に向かい、冷えは膝に禁物である。

以来、甚八を舟客の多い時間帯から外し、客がほとんど来ない夜半からの当直に回したのだ。

これは痛手だったが、この紅葉の季節をしのぐと、冬の屋根船は雪見船くらいで、さして客は多くはない。当面は四人で回し、年が明けてから花見の季節に合わせ、腕っこきの船頭を探そうとお簾なりに計算していたのだ。

「そりゃうちも、一人増やしたいのは山々だけど、べつに急いじゃいませんよ。冬は暇ですからね。でも、まあ、参考までに話を聞かせてもらおうかね。どうなんだい、お前さん、腕はどう？　どのくらい漕げるの」

お簾は煙を吐き出しながら、内田の隣でニヤニヤ笑っている若者を見た。すると内田が引き取って答えた。

「そりゃもう、手馴れたもんでさ。この子の名前、竜太ってんですが……、ああ、あたしは竜左右《りゅうぞう》って名ですが、竜の勢いが違います。親父さんが小舟を手繰《たぐ》る商売でしてね。倅も竜のごとくに川を遡《さかのぼ》り、天にも上れと……」

ふふっ、と綾はうつむいて思わず吹き出した。

「なんなの、はしたない」

たしなめるふりをして、お簾も笑った。川を遡り天にも上がるにしては、いささか貧相な竜だった。

「いや、その心意気やよしじゃないすか」

と言いつつ、当の内田も、角張った色白な顔を紅潮させて笑っている。

お簾は、その横にいる竜太に向かって、

「小舟を手繰るお商売って、船宿とか、渡し舟とか……？」

と問うと、また内田が出張って言った。

「いえ、舟による行商ですよ。大川は千住大橋《せんじゅおおはし》界隈を上り下りし、野菜や魚を商っておったんで、この子も水には馴染んで育ったわけでして」

「ふーん、そう」

お簾は値踏みするように、じろじろ竜太を眺めて言う。

「でも船頭になるには、ちょっと線が細いんじゃないかね。大川が見た目より流れが強いのは、知ってるだろう。この身体で、あの流れに太刀打ち出来るのかい？　あたしにはどうも、逆らえないような気がするねえ」

「おかみさん、身軽さを見てやってくだせえよ。義経《よしつね》が八艘《はっそう》飛《と》び出来たのも、身軽さゆえでね。船頭はまず身軽が身上でさあ」

と内田は義経まで持ちだし、ここぞとばかりまくしたてた。

「それに誕生日まで半年以上あるんで、まだ十八なんですよ。男の筋肉がつくのは、これからでさ」

「へえ、そんなもんかい。ま、主人や、磯次に相談してから……」

「いや、決めるなら今のうちですよ。ぶっちゃけ、軒並みこの辺りを回れば、この子ならすぐ決まっちまいます。ただ、あたしとしちゃ、篠屋さんに預けたいんだ。あたしが保証人になるから……そう、ひと月くらいこちらに置いてみちゃどうですか。この綾さんみたいに、ズバッといけれりゃいいし、見込みがなけりゃ、返してくれてもよござんすよ。まあ、よしなに願います」

あの図太いお簾が、内田に寄り切られたのである。

竜太は船頭の修業をするべく、一か月ほど船頭部屋で寝起きすることになった。ところが早速《さっそく》、磯次の前で実演してみると、とんでもないことが発覚した。竜太が櫓を握る猪牙舟は、船着場を出ることは出たものの、少し下ったあたりでグルグル回り始め、少しも進まなくなってしまったのだ。

陸《おか》からの磯次の誘導で、何とか船着場に戻ることは出来たが、上ずって慌てていたためか、船着場で足を踏み外し、川に落ちてしまった。

溺れ掛かっているところを、磯次から首根っこを摑んで引っ張り上げられ、〝竜〟は〝濡れ鼠《ねずみ》〟になって命拾いしたのである。

すっかりおカンムリの磯次に、厳しくあれこれ問いつめられ、これまでに竜太が櫓を漕いだ経験は、一度もないことが明らかになってしまった。その上カナヅチで、泳ぎは全く出来ないことまでも暴露したのだった。

「お前さん、もうお帰りな」

とお簾は問答無用で、けんもほろろに言った。

「帰って、あの詐欺師の内田に、言っておくれ。うちはド素人のカナヅチはいらないんだって。篠屋の欲しいのは、すぐに動ける即戦力なんだからね」

「は……」

すいませんでした……と竜太は口の中でもぞもぞ言い、それでも神妙にぺこりと頭を下げた。

「お前さんもお前さんじゃないか。内田が、すぐにばれる嘘八百を並べてるってのに、そばで平気で聞いてるなんて。どいつもこいつも、どうかしてるよ……」

まだ腹の虫が収まらないらしく、なおも言い募るお簾の小言を矢のように浴びながら、竜太は帰って行った。

二

ところがすぐに、その内田が飛んで来たのである。

「おかみさん、何やらご立腹のようですが、あたしゃべつに、嘘は言ってませんよ」

と立て板に水の弁解だった。

「竜太が櫓を漕げるなんてこたァ、一言も言っちゃいません。ただあの子なら水に馴れてるんで、すぐにも上達するだろうと……」

「そうかい。あたしにゃ、そうは見えなかったね」

とお簾はにべもない。

「ともかくうちも忙しいんでね。ド素人相手に、それ右手で櫓先を握れの、左手で握り棒をつかめのと、いちいち教えちゃいられないんだよ。分かるだろ、うちは修業場じゃないんだから」

「誰に言っていなさる。そんなこたァ承知の上でさ。ただ、ものは考えようじゃありませんか。タダで使い走りさせながら、だんだん仕込んでいけば、ご損はありませんよ」

はげ上がった頭をつるりと撫でて言い、少し沈黙してから今度は低い声で続けた。

「それにおかみさん……実は、この話にはちょいと裏がござんしてねえ。ここだけの話、さる筋から、本人の望み通りにするよう頼まれておるんですわ」

「……さる筋って？」

「いえ、誰とは申せませんが」

「ははーん、どこかのお大尽《だいじん》の隠し子ってわけ、それともどこぞの偉いさんの落とし胤《だね》？」

「いやいや、そんなんじゃ……。あたしは頼まれただけで、ええ、ちっと世話になってるお方にね。詳しくは存じません。ただ、何であれ、仕込む以上は一流でなけりゃならん、そのぐらい、無学のあたしでも知ってまさ。師匠にするにゃ磯次の旦那が一番だと……」

「分かった、それは分かった。でも磯次が何て言うか」

と口を噤《つぐ》んでいると、すかさずだめ押しした。

「無理にとは申しませんがね。目見えで、何とか仕込んでやってもらえませんかねえ」

「でも、あたしの一存じゃねえ」

と口の中で呟いたきり、黙って莨《たばこ》を吸っている。頭の中では、忙しく数字をはじいていた。

ともかく手が足りないのは事実なのだ。富五郎はあの通り役立たずだし、甚八は船頭としてはお役御免。千吉は下っ引稼業に夢中で、手代の仕事は片手間である。

今、考えている一手は、甚八を船頭ならぬ番頭に仕立てること。船頭には珍しく甚八は算盤《そろばん》が出来るから、今までもたまに事務方を手伝わせていた。その空いた船頭の席に、竜太を据えてはどうだろうと。

だがそれまで、一体どのくらい時間がかかるか。早い話が、〝何か月タダメシ食わせりゃ、ものになるか〟という話だ。

ただお簾は、あの若者が嫌いではないのだ。たまにチラと見せる剽軽《ひょうきん》さが、尖っている気分を何がなし柔らげるのだった。

昨日も、磯次が、竜太にこう問いかけた時のこと――。

「お前さん、一度も漕いだこともねえのに、なぜ急に船頭なんかになりてえと思ったんだ?」

するとこと至極あっさり竜太は答えた。

「船頭はカッコいいし、実入りがいいから」

「なるほど」

と磯次は頷いた。

「漕ぎ姿がカッコいいてえこたァな、無理な力を使ってねえってことなんだ。舟をまっすぐ進めるのは、簡単そうで、意外に難しいんだぜ。押す力が強けりゃ右へ、引く力が強すぎると左へそれる。自然体が肝心なんだ。身体と気分がうまく一つになって、初めて舟は進む……。ところがお前さんは、どうなんでえ？　舟を手繰る父御《ててご》を見て育ちながら、一度も櫓を握らなかったって話じゃねえか。そんな拗《ね》じくれ者が、櫓漕ぎの達人になれるなんて、本気で思ってんのかい？」

「へっ……拗じくれ者でも、舟ぐらい漕げるわい」

と竜太はうつむいたまま、反抗的に呟いた。

「ほう、こりゃまた腹の太てえ坊やだな。舟ぐらい誰でも漕げるってか？　確かにその通りだ。ただそのぐれえの船頭なら、どこでもなれるだろう。わざわざうちに来るこたァねえぞ」

「あ、い、いや、わしはその上を目ざしたいです」

「ほう、どうやって……？」

竜太は黙ってうつむいていた。

だが右指で、右耳を指さしている。よく見ると、右耳がぴくぴく動いていた。左指でさすと、左耳が動いた。

「なーるほど。お前さんに、妙な特技があるのはよく分かった。だが、それがどうしたい。そんなこって誤摩化《ごまか》そうたって、世の中そう甘くはねえ。そんな虫のいいこと考えてるなら、もう、このくらいにしてとっとと帰れ」

「いや、誤摩化そうなんて考えてねえっす。この耳、一所懸命に練習したんで、三か月で、両耳動かせるようになったっすよ。だから櫓も一所懸命やれば、三か月で何とかなるかと……」

「…………」

磯次は一瞬、呆気にとられたように竜太の顔を見ていたが、

「あはは……」

と急に笑い出した。

「耳なんぞ動かしてねえで、もっと手足を動かせってんだよ、この馬鹿が。おかみさん、こいつ、滅法《めっぽう》ヘンなやつですな」

と磯次は、そばで笑い転げているお簾に言った。

「耳の練習なんぞしやがって、どこまで馬鹿だ。しかし、このすこぶるつきのド阿呆が、三か月で櫓を覚える気とはねえ。なあ、竜太よ、お前もしかして〝棹《さお》は三年、櫓は三月〟ってこと、知っておったな？　三か月面倒みてくれってんで、そんなホラ耳話を考えたんだろう」

来年の桜の季節に間に合わせ、三か月で仕込んでほしいと、遠回しに言ってるのでは……。そう磯次は言いたげだったが、竜太はただニヤニヤ笑っているだけだ。

お簾はフフッと思い出し笑いをし、

「じゃあ、こうしようかね。磯次と主人はあたしから説得します」

とポンポンと煙管を叩きながら言った。

「一か月くらいなら、目見えで預かってもいいよ。でも、何だか運動は鈍そうな子だ。見込みがないと分かったら、遠慮なくお返しするってことでどう……」

というわけで、竜太はめでたく篠屋に入り込み、暇をみては、櫓の特訓を受けるようになったのである。

三

寒いのによく外に出ては、そんな練習風景を見て笑っていたせいだろう。数日たつと綾は急に川風を冷たく感じ、背筋にぞくぞくと寒気を覚え、喉に痛みを覚えてゴホゴホと咳こんだ。

「あーら、綾さんでも風邪ひくの？」

とお波は目ざとく憎まれ口を叩いた。

「雑用はこちらに任せて、よく休んで養生してくださいね」

それがお為ごかしである証拠に、そのこってり化粧した顔に、不安と恐れが滲んでいた。働き者の綾に寝込まれては、部屋の掃除やら買物やらが、どっと回ってくるのである。

さらにあの氷室《ひむろ》のように寒い地獄の土蔵へ、あれ取って来い、これ持って来いと人使い荒いお簾に命じられ、泣く泣く通わなければならなくなる。

「いえ、死にかかっても休める身分じゃございませんから」

と綾もまた負けずに嫌みを返す。

実際その通り休める身ではないから、小刻みに熱い白湯《さゆ》を飲んだり、襟元に布を巻いたりして養生を怠らなかった。

あの新参の竜太が、どのくらいで採用になるか、篠屋の台所では賭けをしていた。千吉は一か月とみたが、薪三郎とお孝とお波は、採用にはならないとし、綾の予想はもっと厳しかった。

綾は、自分が目見え何日で採用になったか、よく覚えていない。ただ夢中だったから、あっという間だったようにも、長い時が過ぎたようにも思う。

いずれにせよあれだけしごかれ、役立たずの阿呆のと罵《ののし》られては、一か月持つとは思えなかった。

竜太は夜になると毎日、黙々と掌《てのひら》に膏薬《こうやく》を塗って、包帯を巻いている。掌にはマメが出来ていて、それが潰《つぶ》れて爛《ただ》れている部分もあったのだ。その姿はどこか呆然としていて、こんな船宿に身を寄せた不運を、呪ってでもいるように見える。

それを目《ま》の当たりにするにつけても、一か月たつ前に、自然に姿を消すのではないか……と綾は予想したのだ。

とはいえある夕方、手が空いた時を見計らって、竜太のために綾は家を出た。両国に買物があるのを口実に、薬研掘《やげんぼり》の薬種問屋まで、足を伸ばそうと考えた。

すり傷に効く常備薬の〝紫雲膏《しうんこう》〟が切れていて、竜太が塗っているのは、包丁などの怪我に効く〝金創膏《きんそうこう》〟である。少しでも早く薬を揃えて、竜太の傷を癒してやりたかった。

実はその帰りのことである。

最近は日が暮れるのが早い。すべての買物を終えて戻ってきた川べりの街は、すでに夕闇に包まれていた。灯りの多い大通りから裏道に入ると、もう真っ暗である。急ぎ足で通り抜けようとして、前方に男と女の声が低く入り乱れるのを耳にした。

闇を見透かすと、赤ん坊を背負った十二、三の子守娘が、二、三人の男に囲まれているらしい。

男らは娘の手を摑んで、闇の奥へ引きずり込もうとしていた。口を塞がれたのか、もう娘の声はしない。

一瞬、綾は立ち竦《すく》んだ。助けたくても、どうしようもなく恐しく、声もでない。相手が複数では、引き返して助けを呼ぶしかない、と思ったその時だった。

通りの奥から誰かが走り出て、バシッと鈍い音がした。

闇が揺れ、男の一人がゲッと低くうなった。どうやら暗がりから飛び出して来た者が、いきなり男の横面を拳《こぶし》で殴りつけたらしい。

「て、てめえ、なにしやァがる」

「おっさん、小汚えマネすんなって」

聞き覚えのない太い声だった。

「こんな年端《としは》もいかぬ小娘に寄ってたかって、ただでやろうってのかい」

「何でェ、このクソ餓鬼が、やっちまえ」

そんな低いやりとりが、闇の底を飛び交った。

狼藉者どもは複数いるのに、若い男の気迫に気圧《けお》されて、口ほどには勇猛ではない。

それでも殴られた男が飛びかかって行くと、若い男がひょいと飛び退いたので、たたらを踏んだ。

そんな男たちの荒い息づかいに、赤ん坊が怯《おび》えて泣き始めた。

すると路地奥から、カタカタと下駄の音が走ってくる。弓張《ゆみは》り提灯《ちょうちん》の灯りが路地から漏れたとたん、悪漢どもは逃げ散っていた。

提灯の主は、背中に細長い三味線《しゃみせん》の箱を背負っていて、芸者の後に従う箱屋《はこや》（用心棒）の若衆らしい。その灯りに浮かび上がった先ほどの若者を見て、綾は息を呑んだ。

船宿篠屋の法被《はっぴ》を纏った、あの竜太ではないか。

篠屋で聞く声は消え入りそうに低く、か細くて、先ほど闇に飛び交った太い声とは、ずいぶん違っていたのだ。

子守り娘はすでに逃げ去っている。何事も起こっていないのを見て、箱屋は軽く頭を下げ、また芸者の後について通り過ぎて行く。

辺りはまた闇に沈み、その中に綾と竜太がぼうっと佇んでいた。

「あんた、篠屋の目見えの……？」

「ああ」

「声が違うんで、びっくりした。わたしは篠屋の……」

「知ってるよ」

こんなやりとりのあと、竜太は先に立って歩きだす。

あとを追い、肩を並べて綾は言った。

「あんた、やるじゃない」

「あんなの、こすっかれェだけの、ただのうじ虫よ」

「でも、なかなか出来ることじゃないよ。もし取っ組み合いにでもなったら、どうする気だったの」

「逃げるさ。ただし、戦《いくさ》にはなんねえって分かってたよ。なぜって、やつら、うじ虫だから」

見かけによらず、肝《きも》の太い若者だと思った。

「ふーん、でも喧嘩は強いのね」

「いや……相手がうじ虫だからさ」

綾は思わず笑いだした。さして可笑《おか》しくもないのに、何となく笑わされてしまう。

もう篠屋の前に来ていた。

じゃ……と別れて台所に入った綾は、あの竜太はこれから一体どうなるのだろうと、急に気になった。これまで笑ってやり過ごしていたのに、にわかに興味しんしんである。

今までは〝自然消滅〟の予想をたてていたが、胸の中でそっとそれを消し、〝一か月〟の線に丸をつけてみる。

そのうち、千吉が改めて内田から話を聞き出してきた。

それによれば——。

竜太の父親は仁平《にへい》といい、女房のお君《きみ》とともに、舟行商を営んでいたようだ。ふだんは千住大橋から下って橋場《はしば》辺りまで、時には途中で綾瀬川《あやせがわ》に入ったり、荒川《あらかわ》を遡ったり……。小舟に野菜や魚や雑貨を積んで、船着場で待つ行商人や地元の人々に、売って回っていたという。

ところが竜太が十七の時に、その仁平が水難事故で死んだ。速力を上げて迫って来た押送船《おしおくりぶね》にぶつけられ、川に放り出され、打ち所が悪くて亡くなったのである。

母のお君はすでに亡かったが、三つ四つ下の妹がいた。今は親戚に預けられているが、その妹を引き取って一緒に暮らすため、働く気になったという。

「働く気になったって……じゃ、それまで何してたのかしら?」

と綾は疑問を口にした。

「家業が舟行商なのに、櫓も漕げないなんて、どこかおかしいよね。何も手伝わなかった証拠でしょ」

「そう、おいらもそのへんが分かんねえんで、ちょっと千住の下ッ引に訊いてみたんだけどね」

と千吉は首を傾げた。

「内田のおやっつあんの話じゃ、母親思いで、妹を可愛がってたそうだよね。お父っつあんの留守の時は、大八車に妹を乗せ、それを引いて野菜を売り歩いたって話もあるって……。ところが、その下ッ引の話じゃ、親の手伝いどころか家に居着かなくて、家出同然だったって話さ……」

四

「……十六、七のころまで相当なワルだったようだぞ」

帳場から洩れてくる富五郎の声に、膳に酒の支度をして運んできた綾は、ハッと立ち止まる。

富五郎は宵《よい》の口になって、少し足をふらつかせて帰って来た。帳場に入るとすぐにまた酒を頼み、それからお簾とヒソヒソ話し込んでいたのだ。

竜太が来てからすでに半月近く。今は自分で櫓を漕いで、神田川を上り下りするくらいには、上達していた。

お簾はその姿を、満更《まんざら》でもなく思って見ていたようだ。

ところが、最近になって千吉から耳打ちされたのだ。

「おかみさん、竜太には気ィつけた方がいいっすよ。あまり地元じゃ、評判がよくなさそうなんでね」

さすがにこれはまずいと思ったものか、お簾はいよいよ夫の富五郎に、相談を持ちかけたのである。

「いや、あたしに、ちょいと手懐《てなず》けている岡っ引がいる。いや、亥之吉親分じゃなくてさ。千住で大きな船宿をやってる大旦那に食い込んでる男でね」

と富五郎が続ける。

「この船宿は古くから栄えておって、あの界隈じゃ大鯰《おおなまず》みたいに勢力持ってるんだ。とまあ、何だかんだと縁があるんで、ちょいと調べてもらったら、どうも仁平一家はあまり評判がよろしくないってことさ」

その実家は、千住大橋の近くに土地を持つ農家で、仁平は若いころ、父母と共に熱心に野菜作りに励んでいたという。

だが目端《めはし》のきく男だったから、作った野菜を積んでの舟の行商を思いつく。その屋号を〝満天屋《まんてんや》〟、舟を〝満天丸〟としたのが良かった。

野菜は安いし、主人の仁平は無類に人がいい。お客に頼まれれば繁忙期の畑を手伝うこともあって、いつからか満天さんと呼ばれ、土地の人には親しまれていたという。

「ところがこの満天さん、大酒呑みでな、酒で失敗したんだよ」

もともと酒好きだったのが、老父母が他界してから歯止めがきかなくなった。酒を呑めば女郎買いに走り、借金が増えて身動きとれなくなっていった。

農地がどんどん狭くなるにつれ、女房との折り合いも悪くなっていく。年ごろに育っていく竜太との、父子喧嘩も絶えなかった。

女房が死ぬと、竜太は家を飛び出した。千住宿辺りの悪所を皮切りに、浅草に流れ、悪い遊びにハマっていったという。

「伝馬牢にぶち込まれたこともあったと……。もちろん今は立ち直っただろうが。ただ、うちみたいな客商売で、そんな子を傭《やと》うのはまずいって話さ……」

沈黙、そして煙管をトントンと火鉢に打ち付ける音がする。

「考えてもみろ、吉原通いのお客さんは、ずっしりと懐中が重い。そんなお客を乗せて、暗い夜の川を漕ぐんだよ。この物騒な江戸の夜だ、お客は、金で安全を買っておるんだ。信用出来る船頭あっての猪牙舟、いい船頭あっての船宿だ。遠くに見える街の灯りを見てふと妙な考えでも起こされちゃ、どうなるねえ。金よこせ……てなことになり、客を殺《あや》めて川にドボンと突き落とす……なんてことが、あったらどうするね」

「ひえッ」

お簾は肩をすくめる様子である。

「そんなこと、稀《まれ》にないと思うけど……」

とお簾は変な言い方をした。考えてもいなかったことを聞かされて、すっかり震え上がったようだ。

「いや、あながちそうも言えねえ。そうなっちゃ、幾らあの内田が保証人になっても、うちみてェな船宿は、ひとたまりもなかろう」

「あんたの言うとおりだよ。この世の中だもの、何があってもおかしくない。ええ、この子は、断りましょう。何もそんな疫病神《やくびょうがみ》を、うちがしょい込むことはない」

「あのう……」

と綾はそこで割り込み、襖のこちらから声をかける。

「お酒をお持ちしましたが、よろしいですか」

「ああ、お入り」

お簾の声に綾は襖を開けて入り、富五郎の前に膳を置く。初めて見る主人は長火鉢にもたれるようにして、莨を吸っている。

お簾はお簾で、炬燵に膝を入れて吸っているから、室内は莨の煙でもうもうだった。綾は、連子窓《れんじまど》に組み合わせた障子を少し開けて、換気をはかり、ぐずぐずとその辺を片付け始めた。

「……ただねえ、あの子は面白いところがあるんだよ」

と、少し冷静になったお簾が続けている。

「ちょっと剽軽《ひょうきん》で、よく人を笑わせるんで、置いてみたくなっただけ。ねえ、綾さん、あの子をどう思う」

突然訊かれて、部屋を出ようとしていた綾は、内心ほくそ笑んだ。何とか、意見を求められたかったのだ。

「はあ、たしかに」

と綾は向き直って、頷いてみせた。

「実は先日も、こんなところを見ましたよ」

とあの川の近くでの、子守り娘を助けたいきさつを、語り聞かせたのである。

すると意外にも、お簾は驚いたように言った。

「あれっ、本当にそんなことがあったのかい？　へえ、そうだったの。いえ、実はねえ……」

昨日だったか、背中に赤ん坊を背負った十二、三の小娘が、玄関先に立っていたという。

何の用か訊いてみると、〝酔っ払いに絡まれたところを、ここのお兄さんに助けてもらったので、お礼を言いたくて……〟と言ったそうだ。

だが〝暗くて顔も見えなかったし、名前も知らない。ただこの船着場の近くで見かけたことがあるから、ここの船頭さんだと思う〟と言ったらしい。

名前が分からなくては、呼びようもない。

「分かったよ、本人によくお礼を言っておくからね」

とお簾は適当にあしらってその娘を返した。あとで船頭らに訊いてみたが、皆は首を傾げるばかり。たぶん人違いだろうと言われ、お簾もそのまま忘れていたという。

「まあ、そうだったの、その娘に悪いことしたよ。ね、お前さん、ちょっと面白い子でしょ」

富五郎は頷いて、盃《さかずき》を口に運んだ。

「ふむ、たしかに見上げたやつだ……。だからといって、それとこれは別だよ。話の筋道が変わるわけじゃねえ。うちは信用を売って、商売をしてるんだ。少しでも不安材料があるような者には、あたしは反対だよ」

「ええ、それは分かってるって。いずれ内田にわけを話して、引き取ってもらいましょ。ああ、そういえばあの人、妙なこと言ってたっけ。どこかさる筋から、あの子を頼まれてるとか。何だろうね、まさかあれがご落胤《らくいん》でもあるまいし」

「…………」

富五郎は考え込むふうに煙を吐き出したが、

「ま、何であれ、うちには関係ねえよ。内田とは仕切り直して、いわく因縁のない子を回してもらうんだな」

綾は落胆して、帳場を出た。

竜太はそんな子ではないと弁護したかったが、それを裏支えする材料も、権限も、自分には何もないのである。富五郎があのように気を使うのも、ひとえに商売柄のことで、仕方ないと思うしかなかった。

だが手が足りないこともあって、磯次は、竜太を舟子《ふなこ》として船に乗せ始めていた。

紅葉見物の屋根船に乗せて、お客の注文に応えて動き回る下働きの若衆である。

ただ十月は大風や嵐のため、舟が出ない日が何日かあった。

そんな日でも磯次は、揺れる猪牙舟にしゃんと立って、櫓を操る練習をさせた。竜太は船酔いして、ゲエゲエと吐きまくり、夕食を食べない日もあった。

その翌朝は起きて来ず、磯次に蹴飛ばされてようやく起きた、という話が台所に伝わった。

「……磯さん、竜太をしごくのはあのくらいにしておきな」

お簾が磯次を物陰に呼び、そう囁いているのを、綾は偶然、襖ごしに聞いてしまった。

「あの子、身軽なのはいいけどね、船頭《かんば》としちゃどうもひ弱な感じがする。それに主人によれば、世間の評判もあまり芳しくないみたいじゃないか。うちじゃ見送ることにしたから、そのつもりで案配しておくれ」

「…………」

その時、磯次はどういう表情をしていたものか。

おそらく黙って頷いて、その場を離れたのだろう。どしどしと、遠ざかっていく足音が聞こえた。

磯次が若い衆をしごく時は、見込みがある時だけと言われていたから、これは例外だったのかもしれない。

お簾に注意されてからも、その態度は以前と少しも変わらず、馬鹿の、ド阿呆の、のろまのと、練習時になると相変わらずの罵声が、母屋まで聞こえてきた。

五

お酉様《とりさま》も間近いころ、風雨のため海が荒れ、川が増水して、船が二日も運休した。商売上がったりである。

だがその翌日の午下《ひるさが》りから、ふだん通り船が出ることになった。

早朝から、何度か河岸《かし》に立って川を見ていた磯次が、朝食後にまた川の流れを見ての判断である。

凍《い》てつく寒さだったが陽がさして、川はキラキラと流れていた。

「まだ荒れてるが、昼過ぎは落ち着きそうだな」

少し離れた所で焚き火をし、廃材を燃やしていた甚八がそう声をかけてきたのだ。

「ふむ、甚さんもそう思うか」

磯次は我が意を得たように頷いた。

「よし、八つ（午後二時）あたりからなら、いけそうだな。お民、すまんが、おかみさんにそう伝えてくれるかい。八つから営業すると……」

と焚き火にあたっていたお民に言いつける。

「ああ、ついでに竜太がその辺にいたら、ここへ来るように」

と付け加えた。

お民が母屋に走って行き、ややあって竜太が小走りに現れた時は、磯次はすでに猪牙舟を船着場に繋いでいて、しきりに中を点検していた。

「おお、来たか。おれはこれから用があって、水道橋《すいどうばし》まで往復するんだがな。いいついでだ、お前も乗ってみるか」

「え？　はい」

竜太は一瞬、驚いたようにまだ荒れている川に視線を向けたが、すぐに頷いた。この川を漕いでみろ、と言っているのだと観念したのである。

「ただし揺れるぞ、念のためこれを巻け」

と磯次は、浮腹巻《うきはらまき》（浮き輪）を放ってやる。

竜太はそれを両手で受け止めたものの、腹には巻かずに足元に置いて、まずは櫓を手にした。

「おーい、これつけろや、お天道様が眩《まぶ》しくなるでな……」

と甚八が追いかけて来た。それまで自分の被っていた菅笠を、舟に投げ入れる。竜太はそれを片手で受けて素早く被った。

磯次を乗せた猪牙舟は、すぐに船着場を離れて行く。

舟は、竜太の櫓でゆっくり川を遡り始める。

エーイ、ホウ……と腹から声を出した。

軽く押す力で、身体を自然に前傾させ、ぐっと引く力で、身体をやや仰向けにそらせる。そんな単純な繰り返しだが、今日はいつもより力を要し、全身が汗ばんでくる。

水量が多くて、川面が盛り上がって見えている。濁流というほどではないが、思った以上に流れが速い。底の方で渦巻いてでもいるのか、うっかりすると櫓を取られそうになった。

「舟が揺れてるぞ。櫓を慌てさせちゃいけねえ、ゆっくりだ、ゆっくり漕げ」

磯次はうるさく注文をつけてくる。たちまち汗が額に噴き出し、首に巻いた手拭いで顔を拭く。するとすかさず、

「おいおい、どこへ行く気なんでえ。どこに目ェついてんだよ」

と罵声が飛んで来る。

「前を見ろ、前を。急に曲がりゃ、下《くだ》りの舟と衝突するぞ」

慌てて櫓をさばく。

ただ今日はいつもほど、舟が多くないのが有り難かった。

遊覧のための不要不急の船が、まだ不安定なこの天候を案じて、様子見しているのだろう。

異変を目にしたのは、昌平橋《しょうへいばし》をくぐった辺りだった。

「お、親方、ありゃァ何です……」

言って竜太は、前方に目を凝らした。

川面を何か、黒っぽい物体が流れて来るのである。

「ん……?」

磯次はそちらへ目を凝らした。

「馬鹿、ありゃ人間だ、野郎だよ。よし、櫓をよこせ」

男は浮いたり沈んだり、手を上げたりして、何やら叫んでいる……。その背後から、無人の小舟が流れてくる。橋桁《はしげた》にぶつかったか、横波を受けたかして放り出されたのだろう。どこか怪我しているかもしれなかった。

「おっと、いきなり立つんじゃねえぞ、腰を落として入れ替わるんだ」

それでも舟は、左右に大きく揺れた。

この昌平橋からお茶《ちゃ》の水《みず》溪谷辺りまでは、神田川でも最も険しい景観の一つに上げられる。本郷《ほんごう》台地の神田山を削って創られたといい、舟から見上げる両岸は、そそりたつようだった。

その合間を流れ下る川に、黒いものが浮かんで、ぐんぐん流されて来るのだ。それを追って猪牙舟と伝馬船《てんません》が近づいてくるが、追いつけないで、何か叫んでいる。

入れ替わって櫓を握った磯次は、そちらへ向けて大きく漕ぎだした。

追ってきた猪牙舟が、溺れる者のそばまで近寄り、櫓を差し出している。男はそれに向かって泳ぎ、摑まろうとするのだが、波のせいで調子が合わない。何とか追いついて差し出された櫓に男が摑まった時、舟はグラリと傾いて、突然ひっくりかえった。

「わっ」

と土手から悲鳴が上がった。

いつの間にやら、見物人が集まっていたのだ。船頭はすぐに、そばにいた伝馬船まで泳いで助け上げられたが、溺れた男はすでに力を失いつつあり、またも流されていく。

磯次が追いかける。

その時だった。それまで、ごそごそと浮腹巻をつけて身仕舞していた竜太が、無言で、やおら川に飛び込んだのだ。

「やっ、何をする、待て待て……！」

磯次の目の前だったが、止める暇もない、あっという間の出来事だった。

竜太は泳げないが、泳げないなりの読みがあった。

浮腹巻があるから、沈みはしない。おまけに磯次の舟はまだ、流されてくる男の下流にあったから、速い流れの中を、抜き手をきって追うような荒技は必要ないのだ。

流れて来そうな場所を目測し、そこで待ち受ければいい。そんなことなら、この自分でも出来るんじゃないか……と。

実際、両手で水をかきながら濁流を進み、浮きつ沈みつして流れてきた男を、両手でうまく抱き止めたのだ。

土手でまたワッと歓声が上がった。男はぐったりしていたが、泳ぎの心得はあるらしく、むやみに暴れずにすがりついてくる。

「親方、親方……」

水を呑んだり吐いたりしながら竜太は叫んだ。磯次はすでにそばまで漕ぎ寄って来ていた。

「それ、摑まれ！」

ぐらぐら左右に動く舟を体重で加減しながら、艢《とも》から櫓を差し出して言う。

「このまま引いて行くぞ、しっかり摑まっておれ！」

昌平橋の南岸の船着場が、すぐ近くに見えていた。

竜太がしがみついている櫓を、素早く綱で縛り付けて固定すると、磯次は、棹《さお》でゆっくりと急流をさばき始めた。

近くまで舟を寄せていた伝馬船の船頭が差し出した、長いしっかりした水馴棹《みなれさお》だ。とっさに磯次はそれを使ったのである。

引かれながら竜太は水を呑み、目も鼻も水で塞がれ、両の手がジーンと痺れ始めていた。ひどく長い時間に感じられた。

（畜生！）と思った。

死ぬつもりで飛び込んだはずが、どうも勝手が違うのだ。死にたくない、死ぬのは嫌だ、と思う自分がいた。

川というものがずっと竜太は嫌いだった。母を連れ去り父を呑み込んだのが、川である。それだけではない。うすうすとだが、いつからか気がついたことがあった。自分がまだ赤ん坊だったころ、川に捨てられて、溺死寸前で助けられたのだと。

舟が、川が、むしょうに怖いのはそのせいだと。

そしてもう一つ、嫌なことがある。

貧しい中、我が子として育ててくれた仁平とお君しか、親はいないと感謝はしている。だが物心つき始めたころから、父親が時々見知らぬ女を舟に連れ込むのを、目にするようになった。

どう考えていいか分からぬうち、竜太が十五のころ、母親が自殺同然に川に落ちて死んだ。妹は親戚に預けられた。すべて父のせいだと思った。今も、自分は餌食《えじき》にはならぬと家を飛び出したが、早く死にたいとずっと思ってきた。

死ねると思って飛び込んだ。

だがどうも現実は違うのだ。

死んでもこの櫓を放すまいと思う。いま自分の為すべきは、ただただ左手で男の肩を抱え、右手で櫓の櫂《かい》にしがみついていることしかないと思った。

生まれてからずっと希薄だった生命というものを、初めて感じたのかもしれなかった。

六

その午後、竜太は磯次の漕ぐ猪牙舟で戻って来た。

見たこともない派手な縞柄の着物を着込んでいたことで、皆は驚き呆れ、初めて事故を知ったのである。

無事に助けられた二人は、近くの蘭方医の元に運ばれ、応急処置を受けた。

溺れた男は小舟の船頭で、泳ぎは得意だった。だが流れてきた木の根が櫓に絡まり、それに気を取られて、水道橋の橋桁に激突して舟から放り出されたという。

船頭部屋の炬燵にもぐり込んで、皆からの矢継ぎ早な質問にぼちぼちと答えながら、竜太は健康な食欲を発揮した。

薪三郎から差し入れられたきつね饂飩《うどん》を丼二杯、お孝の作った握り飯を三個、甚八が焚き火で焼いた熱々の芋《いも》を一個、あっという間に平らげた。二個めにかかったところへお簾が入って来たので、皆はサッと散った。

「話は、磯次から聞いたよ。お前さん、この寒中に、大活躍したそうじゃないか。ああ、そのままでいい、そのままお食べ……」

　自分も炬燵に膝を入れて、お簾は言った。

「あたしもずいぶん、人は見てきたつもりだけど、寒中に荒れた川に飛び込むなんて向こう見ずの馬鹿は、お前が初めてだよ」

「それはどうも」

「でもまあ、無事で良かった。カナヅチのくせに、よく生きて帰れたもんだ」

「なに、そんなもんでさ……」

「おや、やけに軽く言うじゃないか」

「だっておかみさん、溺れたのは船頭で、泳ぎの達人だったそうですよ」

「ああ、そうなの。よほど行いが悪かったんだろ。じゃァお前さんはどうなんだい。ちょっと訊くけど、これは何なの」

　言いながらお簾は、懐から、黒っぽい革製の二つ折りの袋を取り出した。中からはさらに油紙に包まれた、一枚の紙が出て来たのである。

　それを見た竜太は、それまで満更でもなさそうにニヤニヤしていた笑みを、急に引っこめた。

「あっ、そ、そいつはいけません……」

とひったくろうとしたが、お簾は高く掲げて振って見せる。

「だめだめ。ちゃんと説明しておくれな。綾さーん、熱い甘酒を頼むね、ええ、あたしも呑むからあんたもお呑み」

綾はすでに甘酒を温めて準備していたので、熱々を茶碗二つに分け、すぐに盆にのせて運んで来る。

「いえね……」

とお簾が説明しているところだった。

「磯さんが、さっき置いてってたんだよ」

竜太らが川から上がった時、船着場に待ち構えていた町衆が、用意していた乾いた古着を、濡れた衣類と着替えさせたという。

その機転のきいた計らいに磯次は感謝しつつ、濡れた衣類を引き取った。その時、腹掛けの小袋に、革袋が入っているのを見つけたのである。あとで渡そうと思いつつも、何げなく中を見て、お簾に渡す気になったという。

油紙と革にくるまれたその紙は、濡れもせず、金釘流で記された筆の跡が、滲みもせずに読めたのである。

〃自分が死んだら、左記の者へお届けあること。竜〃

という一文のみが、そこに記されており、宛名はない。

〝左記の者〟に該当するのは、最後に書かれている〝吉原《よしわら》　緋雲楼《ひうんろう》　鈴乃太夫《すずのだゆう》〟であるらしい。

「一体どういうことなの、何なの、これ」

「……………」

「まあ、甘酒でも一杯お飲みよ、温ったまるからさ。これ、お前さんの遺書なんかい」

竜太はじっとそれを見たまま、出された甘酒をふうふう吹いて一口啜り、不意に涙を流した。糸のように細い目から涙が後から後から溢れ、止まらなかった。

「説明することなんて何もねえっす。読んで字のごとくでさ……。わしはいつ何時死ぬか分からんから、こうして腹掛けに入れておいただけのこって」

「この鈴乃太夫って？」

「……………」

「黙ってちゃ分かんないよ」

「妹です、鈴って名前の……」

言ってまた涙を流した。

「そのお鈴ちゃんは、いま吉原に？」

「親父が、親戚に預けてあると言ってたけど、本当は吉原に売られて、遊女になってたんす。大バカ者のわしは、それを、親父が死んで初めて知ったんで……大金を作ろうと思った、妹を買い戻さなくちゃならんとね。そいで……ここに来たようなわけで……」

「ええ？　話がむちゃくちゃだねえ。金を作りたくて船頭になったって？　まさかでしょ！」

お簾は切れ長な目をむいて、声を張り上げた。

「まさか船頭が、そんなに稼げると思ってるわけじゃ……」

「いや、稼ごうと思えば稼げるんでさ」

竜太は急に大人びた声で呟いた。

「現実に、親父が死んで、そこそこ見舞金が転がり込んだ。で、これはいけると……。いや、その時はまだ妹のこと知らなかったんで、全部、呑んじまったけど」

「よく分からない話だねえ、どうやって稼ぐ気？　吉原通いのお客さんをグサッと？」

「いや、そうじゃねえんです。その方法とは、ま、言っちまえば……小舟で大船にぶつけるんでさ。こっちも命がけですが、ま、うまくいくと自分は首尾よく死ねるし、うまくいけば見舞金が家族に転がり込む。そこが狙い目なんでして……」

「当たり屋だね」

お簾は血相を変えて言った。怪鳥のように目を吊り上げてまじまじと竜太を見つめ、

「お前ってやつは！」

と声が裏返った。

「ここに来て、そんな物騒なこと考えてたのかい。じゃ、さっきの人助けも見舞金狙いだったんだね？」

「まさか、それは違います！」

竜太はふてぶてしく笑った。

「あんなの一文にもならんです。それどころか、命も失いかねねえってのに、ははは……身体が勝手に動いちまったんすよ。頭がどうかしてたと思う。わしは身体ばかりか頭もカナヅチじゃ。とっさに計算出来なかった」

「…………」

「初めて飛び込んでみて、つくづく思ったっすよ。死ぬのはそう簡単じゃねえって。わしが死んで妹に大金が転がり込む……てなふうに具合良くは絶対にいかんってね」

「お前……」

「はい、おかみさん。親方にも怒鳴られっ放しだし、わしは今日から出直す気になりました。内田のおやっつあんに謝って、儲かる仕事を探してもらいまっさ」

「あんたね、何考えてんの」

突然、身を乗り出して言ったのは、そばで黙って聞いていた綾だった。

「そうクラゲみたいじゃ、もちろん一攫千金《いっかくせんきん》は無理でしょうけどね。船頭の給金は、一般に悪くないと思うのね。それも一人前の船頭の話だけど。これから頑張って修業して、お金を貯めてみたらどうなの？」

竜太はおや、という顔になった。目見えが終わる前に、クビになると覚悟しているらしい。

「あいにくわしは船頭には向いてねえんだ」

「いえ……。あんたが向いてないのは、大船に体当たりする一発屋でしょ。命と引き換えに金を獲るっていうけど、あんた、そんなに軽い命でいいわけ？」

綾は一気に言い、お簾に向かって頭を下げた。

「おかみさん、お願いします。この子、悪いことの出来る人じゃないですよ。先日の子守りの子だって、計算ずくじゃ助けられません。本人が思うほど、悪人じゃないんです。本人も、今日初めて、それに気がついたんじゃないですか。ね、そうでしょ?」

「……………」

「船頭に向いてないっていうけど、あの磯次さんがあれだけ仕込んでるんだもの、見所があるからだとそう思いませんか?」

「……………」

お簾は黙っていた。富五郎に言われたことが、よほど頭にこびりついているのだろう。

何故かしら、と綾はじれったく思う。いつだって独断でやっているくせに、肝心なところであの富五郎に、首根っこを摑まれているのだ。

「……つかぬこと訊くようだけど」

と突然、そのお簾は竜太を見て、無関係なことを口にした。

「お前さん、内田とどういう関係なの。いえね、あの内田が言うにはね、お前さんのこと、さる筋から頼まれてるって話になってるんだけど」

「さる筋……?」

竜太は怪訝そうに、細い目を見開いた。

「うーん、何だろう」

「内田のでまかせ？」

「ええと、今も言った通り……あ、まだ言ってなかったかな。わしは生まれつきの捨て子なんすわ。餓鬼《がき》のころ、川に捨てられてたところを、拾われたらしい。拾ったのは近所の寺の和尚で、満天堂の仁平に預け、長男として育てるよう頼んだって……。ああ、さる筋って、もしかしたらその和尚じゃないすか？　そういえば、わしはずいぶん金を借りて、まだ返してないけど。内田のおやっつあんを紹介してくれたのも、その和尚だし……」

「ふーん」

お簾は、冷めた顔で甘酒を啜りつつ、黙って竜太を見ている。

しばらく胸苦しい沈黙が続いた。

「でも、竜太……」

とお簾が、トンと茶碗を置いて言った。

「何たって、お前の本気が肝心じゃないか。今までのお前はただの屑《くず》だ。そのままクラゲみたいに生きていく気なら、出てお行き。どうなの。これからもあの鬼の親方にしごかれていく気があるのかい」

「おかみさん……」

言いかけて、竜太は少し黙り込んだ。

「わ、わしは親方のそばがいい。櫓を覚えて、いつか〝満天丸〟の船頭になる……」

大粒の涙が溢れ出て、そこから先は言葉にならなかった。


襖の外に、磯次がずっと立ったままだった。

立ち聞きするつもりではなかったが、入ろうとした時、話し声が聞こえてきて、入りにくくなったのである。

だが、もう中へ入る必要はない。

磯次はいま確信しているのだった。竜太は目見えを合格して、船頭の道を歩むことになるだろう。この自分が仕込めば、あのからきし櫓の才のないへなちょこも、いつか出来のいい一人前の船頭になるに決まっていると。

〝満天丸〟がいま滑りだしたのである。

第四話　秘めごと

一

カラコロと下駄の音をたてて、綾は小走りに柳橋を渡って行く。

冷え冷えした街に焚《た》き火《び》の煙が流れ、陽がきらめいていた。

十一月も半ばだが、しばらく雨が降っていない。木枯らしにさざ波立つ川は、水位が低く濁っている。空気は乾ききって、枯葉がカサコソ音をたてていた。

晩秋の色に染まったお屋敷の庭の茂みに、たわわに実る蜜柑《みかん》の色だけが、瑞々《みずみず》しく目を惹《ひ》いた。足を早めると、昼に食べたばかりの粥《かゆ》が逆流してきそうだ。

それでも走る。

朝から晩まで雑用に追い回される身には、たまの買物が楽しくてならない。見るもの聞くものすべてが新鮮で、今日はいいことがありそうで、心が浮き立った。

「あんた、ちょっと使いを頼まれておくれ」

とお簾が言ったのは、お波と並んで昼食をとっている時である。お波はビクッとして、〝あんた〟が誰か窺うように綾を見て、首をすくめた。

「綾さん、あんた、鳥越橋《とりごえばし》は知ってる？」

と名前が出て、安心したように、沢庵《たくあん》を嚙む音がする。

「ああ、そこの鳥越川にかかってる橋ですね」

「そうそう、その橋の手前に〝葛乃舎《くずのや》〟って料亭があるの。行けば分かる。出て来た女中に、これを渡しておくれ。篠屋と言えば、すぐ分かるから」

とお簾は、一抱えある藍染《あいぞめ》の風呂敷包みを差し出した。

それを受け取った綾は、急いで食べ終えた。藍の古着を重ねて刺し子にした働き着に、前垂れと襷をつけたまま、包みを抱えて飛び出したのである。

柳橋を渡って第六天《だいろくてん》神社の方へ折れ、小走りに大通りへ出る。

蔵前を通って浅草に向かうこの通りは、もう午後の活気に満ちていた。

蔵前方向へと進んで、鳥越川にかかる橋のたもとで足を止めた。この辺りと聞いて来たのだが、はて、グルリと見渡してもそれらしい料亭は見当たらない。

綾はしばしそこに佇んで、人が行き交い、飛脚や大八車が走る賑やかな通りをぼんやり眺めていた。このままこの人ごみに紛れて、遠くへ行ってみたい……そんないつもの願望が、むくむく頭をもたげてくる。そう、いつものことだ。

行けるものならどこへ行こうか、浅草、千住、房総《ぼうそう》へ……？

いやいや、日本橋から品川《しながわ》、その先の横濱《よこはま》を通って、ずっと富士山《ふじさん》の麓《ふもと》まで行ってみたい……。

そんなことをぼんやり考えていると、人の群れからひょろりとした若者が抜け出して来て、目の前を横ぎって行く。

黒羽二重《くろはぶたえ》の羽織に、最近はやりの川越唐桟《かわごえとうざん》の着流し、茶献上《ちゃけんじょう》の博多帯《はかたおび》に白足袋《たび》で、下駄《げた》を履いている。その洒落込《しゃれこ》んだ身なりから、遊び人か三味線弾きと見て、綾は追いかけた。

「もし……」

「え？」

振り返った男は、たぶん綾と同じくらいの年だろう。

色白の細面で、眉は薄く、耳が大きい。目は大きい方だが、カッと見開くより、細めて奥の方からこちらを透かし見る感じだ。鼻筋は通って口は大きく、厚い唇をへの字に結んでいる。

男前ではないが、遊び人特有の色気があった。

「すみません、この辺りで葛乃舎という料亭を探しているのですが……」

言いかけ、赤い襷をつけたまま来たことに気づき、さりげなく外した。

「え、クズヤ……？」

と相手は冗談めかして肩をすくめ、おっとりと笑う。

「クズノヤだったら、ここを左に曲がって少し先を……ま、行けば分かります」

それきり御礼の言葉も聞かずに、自分も左に曲がってすたすたと行ってしまった。

その帯から銀太鎖《ぎんぶとぐさり》で吊るされた赤漆皮《あかうるしがわ》の莨入れが、小さく揺れていた。

(何て〝ぞろっぺえ〟な！)

と綾は思った。祖母がよく口にした言葉で、気障《きざ》なやさ男を見ると、きっとそう言ったものである。

路地奥でまた顔を合わせるのも気ぶっせいだから、少しそこに佇んでやり過ごし、路地に誰もいないのを確かめてから、入って行く。

川沿いの木々に囲まれて、やがて小体《こてい》な二階家が見えてきた。

この辺りは鳥越丘陵を削って造られた平地だけに、門を入ると、庭は雑木林に囲まれた低い傾斜地だった。林の奥で小鳥が鳴いていた。

枯葉に覆われた、ゆるやかな石畳の坂を少し上ると、そのてっぺんに、小粋でどこか淫靡《いんび》な佇まいの格子戸の嵌《はま》った数寄屋《すきや》があった。

玄関の前に立つと、荷物を両手で抱え直す。

「ごめんください、どなたか……」

その格子戸を開いて、声を張り上げる。すぐに横の方から紺木綿の仕事着を着た、三十がらみの女が出て来て、上がり框にしゃがんだ。

廊下を拭いていたらしく、手にした濡れ雑巾を畳みながら言った。

「はい、どちらさんで？」

「わたし、篠屋の綾と申します。これをお届けに上がりました」

綾が丁寧に言って風呂敷包みを差し出すと、女は一瞬けげんな顔をしたが、

「ああ、篠屋さんの……はいはい」

とすぐに口を大きく開けて笑った。

「いえ、いつもはお民ちゃんが来てたから……はいはい、分かりました。今日は綾さんね。すぐに、旦那様に着替えてもらいます」

と包みを受け取って言う。

（……旦那様？　着替え？）

少し考えるうち、あっ、と思った。

今になって初めてゆるゆると謎がほどけ、綾は自分の使いの意味に気づいたのである。何て迂闊《うかつ》なんだろう！

そういえば最近久しく、主人富五郎の姿を見かけていない。いやそれどころか、まだ面と向かってちゃんと話したことは、一度もない。その柔らかい声や、どしどしと重たげな廊下の足音で、その存在を感じるだけだった。

だがこのところ、その気配すらなかった。毎日せわしなく出歩いて、どこかに居続けているのだろうと思った。何のための外出か知らないが、おおかたはその豊富な趣味のために動き、どこかにある妾宅に寝泊まりしているのだろうと。

まさか、こんな目と鼻の先にいるなんて思いもしなかった。

ここなら柳橋を少々外れただけで、わざわざ泊まらずとも、二本の足で歩いて帰って来れる距離ではないか。

お簾が持たせてよこした風呂敷包みは、着替えだったのだ。

「ここで、ちょっと待っててね。他に何か用はない？」

女が包みを抱えて言う。

「いえ……」

綾が首を振ると、そのまま廊下の奥に消えた。

遠くの部屋で、三味線をつまびく音がする。

呆然と玄関に佇んだ綾は、それを聞きながら、そういえば……と今にして思い当たる。家を出て来る時、お簾はひどく不機嫌そうで、場所や用向きを、詳しく説明しなかったのだ。

旦那がすぐ近くの料亭に居続けていて帰らない、などとは口にするのも嫌だったのだろう。

綾は少し不安だったが、行けば分かると思い、あえて詳しくは訊かなかったのだ。

あの女中の口ぶりでは、こんなことはしばしばあるらしく、その時はどうやら、小娘の民江が使いに出されていたらしい。

（わたしとしたことが！）

と綾は、未だに世間馴れのしない自分を笑った。

そんなことを考えていると、あの女がすり足で駆け戻って来た。

「あんた、ちょっとお上がり。旦那様がお呼びですよ」

女は先に立って廊下を曲がり、渡り廊下を渡った離れの腰高障子を開け、綾を押し込むとそのまま戻って行った。

二

そこは書院の間のような簡素だが品のいい六畳間で、その中央に二人の男が、炬燵《こたつ》を挟んで向かい合っていた。炬燵の上には膳が置かれ、酒の徳利が置かれている。

両手をついて、綾です、と名乗ると、

「おう、綾か、すまんな……」

言ったのは、五十年配の肉付きのいい男である。

これが主人の富五郎だった。

この時間から、膳を前に呑んでいるのに綾は驚いた。

もしかしたら昨夜から呑み続け、うたた寝してはまた呑んでいるのかもしれない。

もっと驚いたのは、その向いに座るひょろりとした若者だった。先ほどの気障な遊び人ふうではないか。いつの間にかこんな所まで入り込んでいる……。

「そんな入り口に畏《かしこ》まっておらんで、もっと近くに来なさい」

富五郎は機嫌良く言った。

でっぷりというほどでもないが太めで、眉も太く、その下の目も大きくて、若い時分の華やぎを思わせる男前だ。

今は全体に渋く、品よく年を取り、小袖の襟をゆるりとはだけているあたりは、柔らかな頽廃《たいはい》を感じさせる。

「お前さんの顔を、こんなに近くで見るのは初めてだな。せっかくだから、一杯どうだえ」

「あ、いえ、旦那様、わたしはすぐに戻りませんと……」

慌てて綾が尻込みすると、富五郎は太い声で笑った。

「ははは、冗談だよ、冗談。お前が忙しいのは分かってる。うちのおかみさんは、人使いが荒いんで有名だからな、ははは……」

とひとしきり笑い、真顔に戻った。

「いや、ちょっとこの御仁に引き会わせたくなってね。この色男、誰だか知ってるかい？」

「え？　いえ……」

向かいに座っている男は、笑いもせずに黙ってこちらを見ている。

綾はもちろん知らないし、色男とも思わない。いや、色男かもしれないが、美青年ではない。つい今しがたそこで会ったなどと言う気も起こらず、黙って首を振った。

「そうか、そいつは面白い、どうだ当ててごらん。三回で当てたら褒美を上げるぞ」

「よしてくださいよ、親爺さん。こんな美女に引き合わされるんなら、あたしも、もっと気張って来るんでした」

と男は襟元をつまんで言い、固まっている綾を笑わせた。

面白い人とは思ったが、皆が働いている昼日中、こんな淫靡な所でこんな酒浸りの中年男に会い、〝親爺さん〟などと親しく呼びかけているなんて、やはり遊び好きの〝ぞろっぺえ〟だろうと思うしかない。

といって浪人者や、侠客でもない。どこか崩れているが、どこか一本筋の通った折り目正しさがある。声がよく通り、言葉使いに艶《つや》がある。身だしなみもいい。

「あの、芸人さんじゃありませんか」

芸人か、幇間《ほうかん》かと迷ったが、芸人に賭けてみる。

「やっ、いいぞいいぞ。ただ芸人にもいろいろあってね」

当てろという以上は、名を知られた人に違いない、と綾は見当をつけた。三味線、長唄、義太夫《ぎだゆう》語り、踊りの師匠……。ぐるりと考えて思い切って言ってみる。

「噺家《はなしか》さん？」

「おおっ、よしよし、あと一歩だ。最後の手がかりは、うちにもよく来てくれるお客さんだ」

「三遊亭円朝《さんゆうていえんちょう》さん！」

「当たりィ！　やったぞ、綾坊……」

酒気帯びの富五郎は、子どものように手を打って喜んだ。

「そうだ、その通りだ、しかしどうして分かった？　お前とは会っておらんはずだがな」

「ここまで詰めれば、分かります。それにお目にかからなくても、お客様のお名前だけは存じ上げていますから」

実はお波からよく噂を聞いていたのである。

就寝前のお波の夜話だから、真偽は定かでないものの、綾にとっては一つの世間の窓だったのだ。それによれば、円朝なる噺家は、女とみれば美醜を問わず取って食う〝女道楽〟であると。

そのくせよくもてて、吉原の花魁《おいらん》も柳橋の芸者衆も、こぞって〝いちころ〟だというのだ。

ふーん、とその時はただ聞き流していただけだ。

だが目の前にいる、気障を絵に描いたような頼りなげな男が、今をときめく円朝と思えば、逆に胸がドキドキした。

「うーむ、どうだね、師匠。気のきく娘っこと思わんか？」

と富五郎は上機嫌で円朝に言い、またひとしきり笑ってから、綾に向かって自慢げに説明した。

「この円朝師匠は、江戸じゃ当代一の噺家といってもいい。三十年このかた落語を聞いてきた、この富五郎が言うんだから、間違いないのだ」

今日もこれから、両国は垢離場《こりば》の寄席《よせ》で、昼席があるという。

だが昼日中は、最近流行《はや》りだした女義太夫の〝ドウスル連〟よろしく、追駆連《おつかけれん》を自称する若い娘らが、大勢待ち構えている。

「あんな大量の娘たちに囲まれ、もみくちゃにされちゃ、どんな色男でも油ッ気が抜けちまうわ。そこでわしがそばについて、女よけになろうってんでね。着替えを持ってきてもらったのは、そんなわけで……」

「エヘン、親爺さん、そのくらいにしといてくださいよ」

と円朝は笑って遮り、綾に言った。

「この親爺さんはね、あたしのご贔屓の中でも、一番の古株のお方ですよ。真打《しんう》ちになったのが十七だから、もう十年このかた、お世話になっています」

「いや、今だから言うが、あのころは師匠も下手《へた》だったねえ、ははは。何度かやめようと思ったが、貧乏暮らしのわしが、なけなしで通い詰めたんだ。何とかなってもらわにゃ困る。また、何とかなりそうな気にもさせられた。ははは……。名人てェのはね、名人でない時から名人なんだよ」

富五郎は満更でもなさそうに言い、こう説明した。

その文久《ぶんきゅう》年間に、〝酔狂連《すいきょうれん》〟という文字通り酔狂な落語愛好会があったという。まず聴く側が三つの御題を与える、すると噺家はその三つを使って、その場で即座に噺を創作しなければならない決まりである。

それを〝三題噺《さんだいばなし》〟といい、当時は皆それに熱中し、そこからいい落語が沢山《たくさん》生まれたという。

その会には、富商の勝田《かつた》某やら近江屋喜左衛門《おうみやきざえもん》など落語好きの大旦那衆、また文人では歌舞伎《かぶき》狂言作者の河竹新七《かわたけしんしち》（黙阿弥《もくあみ》）や戯作者の仮名垣魯文《かながきろぶん》ら。そして噺家では三遊亭柳枝《りゅうし》、柳亭《りゅうてい》左《さ》楽《らく》ら、新進気鋭の若手が名を列ねていたのである。

その中心的な存在が三遊亭円朝であり、富五郎も通人として、これに加わっていたのだという。

「そんなわけで、前置きが長くなったが、さて、そろそろ着替えるとするかね」

富五郎がやっと盃を置いて言った。

富五郎が包みを抱えて屏風の陰に隠れると、それまで黙っていた円朝が、独特の艶のある声で綾に話しかけてきた。

「綾さんといったかな。落語には興味がありますか」

「は、はい。興味は重々ございますけど、肝心な聴く時間がございませんで……」

「なるほど、聴きたくてもその時間がない。ふむ、それはいかんですなあ。あたしが親爺さんに頼んであげるから、一度寄席においでなさい。木戸で、これを渡してくればいいから」

と懐からごそごそと赤い短冊を出した。

それには〝円朝〟と判を捺してある。

「まあ、ご親切にありがとうございます」

「いや、篠屋の親爺さんよ、綾さんだけじゃない。たまには奉公人の皆さんにも、落語くらい楽しんでもらった方が、店のためによかァないですか」

「その通りだが、そんなこたァうちのおかみに言ってくれ。わしは何の権限もねえんだ」

と屏風《びょうぶ》の陰から声がした。

「ただ、綾坊は引き受けた。ともかく師匠の出る寄席には、行きたい時に行けるようにおかみさんに言っておこう。それが今日のご褒美だよ」

言われても、まず無理なのは目に見えている。

しかし綾には、この思いがけない成り行きが嬉しかった。

篠屋に来てまだろくに姿を見ていなかった富五郎が、会ってみると、意外に話の分かりそうな粋人だったこと。また〝ぞろっぺえ〟としか思えなかった気障な男が、当代一の噺家であり、思いがけなくも寄席に招待してくれたこと。

この札を使うのは難しそうだが、何かの機会を見て行ってみようと思い、綾は富五郎にぺこりと頭を下げた。

「よろしくお願いします」

「分かった。ただし綾坊、別にどうってわけじゃねえが、ここのことはあまり喋ってくれるなよ」

富五郎は古着の入った包みを渡しながら、難しい顔で言った。

だが目が合うと、その目は悪戯《いたずら》っぽく笑っている。綾はふと気持ちがなごんだが、淡々と応じた。

「はい、分かりました」

三

十一月も末近く、雨まじりの寒風の吹き荒れる日があった。

そんな寒い日でも、篠屋に呼ばれてくる芸者衆は、襟巻《えりま》きも外套も着ないまま、しゃっきりとやって来る。

そうした心意気に励まされて、綾は毎日を律儀《りちぎ》に、忙しく動き回っていた。

あの札は折り畳んで小袋にしまい、懐にいつも入れている。

だが富五郎はすっぽりと忘れてしまったらしく、いっこうにお簾から声はかからない。いや、仮に声がかかったとしても、嬉々として受けるわけにはいかない。これを使うような時など、永遠に訪れそうになかった。

そんなある日、綾は、日本橋まで買物に出かけた。寒風が強かったが、襟巻きもせず、いつものようにカラコロと飛ぶように歩く。そうすれば自然に汗が滲んでくる。

お簾に言いつかったのは、〝仙女香《せんにょこう》〟の白粉《おしろい》と〝玉屋《たまや》〟の紅だ。

そういえば、と皆で使うアカギレの〝紫雲膏〟も切れかけているのを思い出した。

師走《しわす》に入る前に、こうした日用品は買い整えておこうと綾は思った。

「日本橋まで行って来ます」

と皆に断りを入れると、ついでにお願い……とお孝から洗顔用のぬか袋を、薪三郎からは最近出た料理本を頼まれた。

日本橋で大かたの用をすませると、薬研掘まで戻って、行きつけの薬種屋で薬を買った。その帰りしな、広小路の盛り場から流れて来る、見世物の呼び込み太鼓の音が耳に入った。

綾は、大通りを柳橋の方へ渡ろうとしていた足を止め、ふと右手を見やった。両国橋が見えている。

（あの橋を渡った辺りに、寄席があるんだっけ）

そう思うと、何がなし心が騒ぐ。あれきり忘れかけていたことが甦《よみがえ》ってくる。

橋のこちら側の広小路はよく通るが、向こう側の東両国には、あまり馴染みがない。あちらの橋のたもとの川べりは、大山参《おおやままい》りに出発する人々が水垢離《みずごり》し、俗世の汚れを落とす場所で、〝垢離場〟と呼ばれている所だ。

周囲には芝居小屋や寄席があり、さらに講釈、蛇使い、阿蘭陀眼鏡《おらんだめがね》などの見世物がぎっしり小屋掛けし、一大盛り場になっている。

その垢離場寄席は五百席を誇り、一流どころが芸を競う、噺家の檜舞台《ひのきぶたい》だった。この寄席で、円朝が大入りの客を集めて人気を煽《あお》り、今やトリをつとめるまでになっていると聞いている。

円朝はその昼席に、よく出るようなことを言っていたっけ。そう思ううち、ふらふらと足がそちらに向いて行く。

あんな気障男の寄席など、聴く気はないし、かれの出る高座にうまく時間が合うはずもない。ただどんな所か見るだけ見てみたい、という気がしたのである。

幸い、今日はほとんど小走りで日本橋を回ったおかげで、あまり時間がかかっていない。多少の回り道をしても、遊んでいたなどと怪しまれることはない。

（ちょっと様子を見るだけ、すぐ帰ろう……）

両国橋の真ん中は川風の吹きさらしで、その辺りからまたカラコロと走り始める。川を渡った辺りに、垢離場寄席の幟《のぼり》が、川風にはためいていた。

それと同じ幟が、西側に劣らず賑やかな盛り場の入り口に、道案内のように立っている。

その通りに入るまでもなく、寄席は幟のすぐそばにあった。

そこには〝三遊亭円朝〟と寄席文字で書かれた幟が、川からの寒風にハタハタと音をたてて翻《ひるがえ》っている。

「さあさあ、これから真打《とり》が始まるよ。トリは三遊亭円朝だ、お代はたった八文！　これを聴かずに帰っちゃ罰が当たる……」

木戸の老人は、看板の前に呆然と突っ立っている綾を狙って、よく鍛えた喉《のど》を張り上げる。

これから円朝が始まると知って、頭にカッと血が昇り、その場から引き返すことが出来なくなっていた。

「ちょいとそこのねえさん、あんたは運がいい。これから円朝が始まるてえ時に、ドンピシャ来なすった」

「いえ、様子を見に来ただけ……、またあらためて」

「いえいえ、それはもったいない。中は満席で、お席はあと一つ。あんたが最後だ、残りものに福ってんで一文まけとくから、聴いていきねえ！」

綾はあの赤札を、いつの間にか握りしめている。

その時小屋の中で、出囃子《でばやし》が始まった。

「ほらほら、出囃子が始まっちまった。よし、これが最後、お代は四文にまけとくよ、入るなら今だ」

綾はふらふらと木戸に近づいて、老人に赤札を渡した。そこに円朝の自筆を確かめると、老木戸番は機嫌よく言った。

「さあ急いだ急いだ……」


下足札をもらうのもそこそこに、薄暗い座敷に滑り込む。

賑やかな出囃子は鳴り終わったが、拍手はなかなか鳴り止まない。

一段高い高座だけが明るく、そこに座っているのは、間違いなくあのひょろりとした見覚えのある男だった。あいそ笑いしながらかれは客席を見回し、拍手のやむのを待っている。

黒羽二重の羽織に揃いの着物で、その袖からチラリとのぞく緋《ひ》色の襦袢《じゅばん》が鮮やかに映える。何という伊達男《だておとこ》ぶり……。

「寒い中をようこそのお運びで……」

ざわめきがようやく静まると、円朝はごく自然に切り出した。

最後部に座って好奇の視線を送る綾は、内心ほくそ笑んだ。まさかこの自分が来ているとは思わないだろうと。

薄暗い客席には若い娘が多いらしく、ざわざわと揺れる人影が闇の中でも華やいで、脂粉の匂いが漂ってくるようだ。

噂では、円朝は従来の鳴り物入りの仕掛け噺から脱却したと聞いており、それがこのさりげなさなのだろうと合点《がてん》する。

「今日は美人揃いのお客様に囲まれ、まことに光栄至極に存じます」

若い女客が多いと見てか、前振りはそんなありふれた女の話だった。

「古来、女性の生き方についての格言や名言は、まことに多うございますな。特に有名なのは〝三従《さんじゅう》〟と申しますもので、皆さんもお馴染みでしょう。幼少のみぎりは父兄に従い、所帯を持ったら亭主に従い、亭主が死んだら子に従えと……」

と言葉を切り、客席をゆっくり見回し間合いをとった。後ろの薄暗がりにいる綾は、何となく姿を前の人の背に隠す。

「ええ、また〝貞女《ていじょ》二夫にまみえず〟とか、〝女、三界《さんがい》に家なし〟などとも申しますな。しかし一体どこに行けば、そういうご婦人に会えるんでしょうかねえ」

クスクスと笑いが洩れる。

「もっとも、嬶《かかあ》と、女は、別ものだという説もございます。いえ、手前のような横《おう》着者《ちゃくもの》には、たいそう都合のいいものでございますよ。女房は亭主と、子に従い、二夫にまみえず……。それが確かなら、一刻も早く嫁をもらいたいもんで……」

どっと笑いが渦を巻く。

どうということもない噺だが、その声に艶があり、巧みに間合いを取るので、客は他愛なく笑わされ引き込まれていく。ひとしきり笑うと、場内は水を打ったようにシンとなった。

それを待っていたように、

「貞女と、いい女も別もののようですが、どちらも思いがけない所に居るもんでして。特にいい女は、あっ、と思ったら捉まえりゃいいですが、気がついた時は、どこかに消えちまったなんてことばかりで……」

そこでおもむろに羽織を脱ぐ。

「先だってもある所を歩いていて、もし……と声をかけられまして……。振り向くと、そこに女が立っている。年のころは二十五、六の年増で、小股の切れ上がった……てェほどの顔じゃない。どこといって美人じゃないんだが、これが何とも言えずいい女なんでして……。着古しの藍木綿を重ねて刺し子にした働き着、かけたままの赤い片襷、藍の前垂れ……。その身なりからして、近くの茶屋の女中でありましょう。外し忘れた襷に気づいたらしく、さりげなく外すしぐさも色っぽく……」

聴いていた綾は、途中でハッとし、顔から火が出るように感じた。

（ま、まさか、わたしのこと？）

綾が来ていることを、たぶん知ってはいないからだろう。〝その女〟のことを、さらに語り続ける。

「どこがいいかって、明るいんですな。ただ明るいんじゃなく、どこか侘びた趣きがある。もしかして亭主に先立たれたか……とあたしは思いましたが、とてもそんな野暮なことは口に出せず……」

急に胸がドキンドキンとして、それ以上は耳に入らなくなった。

今まで誰にも言わず、また誰にも訊かれたこともなかった事柄を、この噺家はいとも軽々と言い当てたのだ。

その動物めいた嗅覚に、何がなし鳥肌立った。

場内に充満する香や、白粉や、鬢《びん》付け油の甘い匂いが、急に鼻先に押し寄せてくる。胸苦しくなってきて、そっと人垣の隙間から客席を見回すと、前の方に座っている人物に目が止まった。

再びギョッとし、亀のように首を引っ込めた。薄暗い中に横顔が見えるだけだが、あれは富五郎ではないだろうか。

（いけない！）

一介の新米女中にすぎぬ自分が、主人と同じ時刻に同じ場所で、落語を楽しんでいるなんて。誰かに見られたりしたら、何と言われるか。それがお簾に知れたら、即刻くびだろう。

綾は顔を伏せるようにしてそっと後ずさりし、静かに、音もなく会場を抜け出した。出口にあの老人の姿はなく、半纏姿の若い下足番が、高座がハネるのを待っている。

綾は下足札を渡してすり減った下駄を出してもらい、下足番の視線を避けるように寄席を出た。街にはもう黄昏《たそがれ》が始まり、夕方の賑わいで先ほどより人通りが多くなっている。その人ごみをかきわけ、小走りに橋に向かった。

夕照に赤く染まった川から、冷たい風が吹き上げ、火照《ほて》った頰に心地良かった。

四

篠屋に帰ったのは、お座敷に次々と客が入って来る時分だった。みな忙しさにとり紛れていて、怪しまれるどころか、

「ああ、綾さん、ちょうどよかった、お帳場手伝っておくれ」

とすぐに次の用を言いつかり、ほっとして帳場に入る。

それにしても……。

あの噺家の並外れた観察力には、つくづく恐れいった。自分のどこから、そんなことを見抜いたのだろう、と薄気味悪いほどだ。たしかに綾は、三年前に夫を喪《うしな》っているのである。

そう怪しむ一方で、芸人の舞台裏を垣間《かいま》みたような気がしないでもない。

あの葛乃舎で、自分があちらの気障さ加減を嗤《わら》っていた時、向こう様もこちらを視ていたのだ。

自分があの遊び人ふうを〝噺家〟と当て、褒められていい気分に舞い上がっていた時、向こうもこちらを〝寡婦〟と見抜いていたわけである。

自分の思い上がりが恥ずかしく、蒲団《ふとん》被って寝てしまいたかった。

あの時の女を〝いい女〟と言うが、それは自分とは無関係だと思う。あれは円朝という才人がそこに視て、その想像力で作り上げた〝いい女〟なのだ。

ともあれ寄席に行ったことは、本人にも富五郎にも内緒にして、すべてを胸にしまっておこうと思う。

そんな恥ずかしさも数日たつと薄れてくる。だが円朝の存在は、胸の中でどんどん大きく感じられていく。そんな、ある寒い午過《ひるす》ぎのことだった。

「綾さん、お客さんだよ」

とお孝に言われ、綾は首をひねった。自分に客などあるはずがない。友人知人の誰にも、篠屋にいることを知らせていないのだ。

「どなた？」

「さあ、きれいな人だよ」

人違いかもしれないと思いつつ、前垂れも外さず勝手口に出てみた。

戸の外に佇んでいるのは案の定、見覚えのない若い女である。

おそらく十八、九だろう。楚々《そそ》としていて、切れ長な澄んだ眼が、うっすらと潤んで美しい。

綾を見ると、窺うような目で頭を下げた。

「ああ、お呼びたてしてすみません、綾さんですね？」

「はい、綾ですが」

「あたしは神田佐久間町《かんださくまちょう》の、塩屋久兵衛《しおやきゅうべえ》の娘で、園《その》と申します」

丁寧《ていねい》なもの腰でおっとり言い、また頭を下げる。

「神田にお住まいのお園さん……。お初にお目にかかりますが、わたしにどんな御用でしょう」

「実は……円朝師匠のことで、ちょっとご相談がございまして」

とお園は声をひそめた。

「えっ、円朝さんの？」

驚いて声を上げる綾を制し、お園は慌てたように周囲を見回した。ここは薄暗い路地で人けはない。夏は川風が通りぬけて涼しいが、冬は底冷えがする。

「あの、ここでは何ですから、ちょっとそこまでいいですか」

言って先に立って歩きだす。そんなお園に従いつつ、綾はその可憐な後ろ姿を、ためつすがめつした。

円朝のことで、一体何の相談なのか。

紫色の地に、とりどりの花柄の散った派手な縮緬《ちりめん》の小紋。杏色《あんずいろ》の半幅帯。その上に、帯と同色の羽織を品よく纏っている。潰《つぶ》し島田《しまだ》に結《ゆ》っているところを見れば、おっとりした外見に似ず、粋ごのみらしいと思われる。

神田の大店《おおだな》の箱入り娘だろう、と綾は思った。

篠屋の前庭を通り抜けながら、お園は振り向かずに言った。

「前置きは省かさせて頂きますけれど、父久兵衛もあたしも円朝師匠の贔屓筋で、親しくさせて頂いております。それが最近、師匠はとてもお困りのご様子なんでございますよ。何でも、つきまとう女性がいるとかで」

「まあ、それはまた……」

そういえば確かにあの『葛乃舎』でも、そんなことをぼやいていたっけ。〝追駆連〟の威力が凄まじいので、富十郎が用心棒として付き添わなければ、恐ろしいのだと。

問い返したいことが次々と喉まで上がってきたが、綾は一呼吸おいて言葉を選んだ。

「でも、どうしてわたしなんかに？」

「師匠が、そうお名指しでしたから」

「あらまあ、そういうことでしたか。でも……」

どうもよく分からない。どうしてあの円朝がこの自分なんかに。二人は前後に並んで通りを渡り、川べりに向かう。

日射しは暖かだが、風が冷たかった。強い川風にほつれる髪を、お園はしきりに手で押さえている。

後について行く綾より、お園の方が、風当たりがきついだろう。柳橋を渡った先に甘味処があるから、そこに入って詳しい話を聞こうかと思ったりした。

「親しくもないわたしなんかの名が上がるようじゃ、よほどお困りなんでしょうね。

もしかしてその女性、わたしの知っている人じゃないかしら？」

するとと思い詰めた口調で、お園はやおら振り返った。

「ええ、はっきり申して……」

と言いながら、お園はその切れ長な目をむいた。みるみる充血した目で、はったと綾を睨んだのである。

「お前だ、お前なんだよ、その女は！」

「………」

えっと、ひゃっくりが出そうに驚いた。

「ど、どういう意味でしょう」

声が震えて、うまく言い終えぬうちに、お園は何かをかざして飛び掛かってきた。

澄んだ目は充血して吊り上がり、振り上げた手に何かを握っている。

（簪《かんざし》……！）

先ほどからしきりに髪に手を当てていたのは、それを抜く間合いを測っていたのである。そう思うと、にわかに恐怖に襲われた。

綾の首に突き立てようとするその手を、かろうじて払いのける。その勢いで相手をねじ伏せようとするが、華奢《きゃしゃ》に見えるお園は、思いのほか力が強かった。

「あたしはずっと、円朝さんの想い人だったんだ。大勢の女の中から選ばれたんだよ。それが誰のせいで、捨てられたと思ってんの。お前のせいだ、お前のせいだ。あたしはこれから死ぬけど、一人じゃないよ、お前を道連れにして一緒に死ぬんだ」

「やめてちょうだい、やめて！」

と金切り声で叫んだ。

「人違いです、人違い！　誰か来て……」

人違いとしか考えられない。寡婦で老け込んだこの自分が、こんな美しく恵まれたお嬢さんに嫉妬される覚えなど、まったくないのだ。

助けて……と叫んだが、喉が掠《かす》れて声にならない。

女二人、川べりで取っ組み合う格好になった。

下駄は脱げて、二人とも裸足《はだし》だった。ハッハッ……という相手の息づかいがけものめき、甘いような生臭いような体臭が顔にかかった。目の先に迫ってくる簪が見えた時は、髪が逆立って、思わず目を閉じた、その時——。

チャリン……と音がした。

簪が下に落ちた音か？

続いてお園の悲鳴が聞こえた。思わず目を開くと、お園の背後にヌッと立つ大男が見えた。磯次だ、磯次の太い赤銅色《しゃくどういろ》の腕が、白い細い腕を捩《ね》じ上げている……。

助かった……と安堵したとたん全身の力が抜け、綾はくらくらしてその場にしゃがみ込んだ。

五

青い透明な空、薄く流れる雲、そして上から覗き込む顔が目に入った。赤銅色の磯次の顔と、お孝の顔だった。

川べりの草むらにしゃがみ込んでいる綾を、お孝が抱きかかえるようにして、覗き込んだ。

「大丈夫かい、気は確かかね」

「はい……」

気を失ったわけではないが、頭がぼうっとして何が起こったかはっきり分からない。不思議そうに二人を見たからだろう。問わず語りに磯次が言った。

「ああ、わしは昼飯食って眠くなったんで、そこの舟で昼寝しておったんだよ」

寒い日だったが、舟底に仰向けになると、風は上を通り過ぎて行く。真上からのぼかぽかした日射しが船底に溜まり、暖かくてうとうとしていた。そこへ頭上から、女の言い争う金切り声が降ってきたので、驚いて起き出したのだという。

「間に合って良かった」

「いや、あたしゃ、初めからちょっと気になってたんだ。あの娘さんが、あんまり別《べっ》嬪《ぴん》なんでね、でもまさかあんな……」

とお孝が割り込んだ。

「なかなか戻らないんで、外に出てみて、びっくり仰天さ。川べりで、あの娘に殺されかけてるじゃないか。船頭部屋に弥ん衆と千吉がいたから、すぐに呼んだんだけど、でも、磯さんが先に駆けつけなけりゃ、殺《や》られてたところだった」

若い女とは思えないほど暴れるお園を、屈強な磯次に若い二人が加勢して、やっと取り押さえたという。

「二人が今、そこの番所に連れてったけど……。でも気の毒に、あの若い身そらで縄付きだったよ」

「まあ……。ところでおかみさんは？」

「ああ、おかみさんは今、町内の寄合に出かけてるの。あとでちょっと報せといた方がいいよ」

とお孝は言って首をすくめた。

「しかし……」

と磯次はつくづく感じ入ったように首を振った。

「近頃の若い娘のやることは分からんな」

六

翌日の午後になって円朝は駆けつけてきて、帳場に綾を呼び出したのである。

「やあ、すまなかった、この通りです」

顔を見るや畳に額をすりつけて謝った。

すでに事情を知るお簾は笑いながら何とも言わず、欅《けやき》の一枚板の長火鉢にもたれて、ただスパスパと莨を吸っている。

「いや、あの娘は実は、しばらく前から自宅で療養してた病人ですよ。ただ時々、こっそり家を抜け出すらしくてねえ」

と弁解しきりである。

お園とは一時、深い仲だったのは確からしいが、ほんの短い付き合いで終わったという。というのもその父親に知られたくなかったことと、嫉妬が激しく、二六時中つきまとうため、さすがの円朝も閉口したらしい。

だが別れてからも、寄席や呑み屋や芝居小屋など、行く先々に現れてはその存在を見せつけたのである。ある時など、円朝がただ親しく話していただけの贔屓筋の女に、簪で突きかかるということがあった。

幸い大事には至らなかったものの、ついに父親の知るところとなり、事情を知った父は娘を医者に診せたのだ。

その結果、物狂いとの診たてで、今は幽閉の身である。

何不自由なく育てられた大店の娘が、どうしてそうなったのか。母親が、お園の幼いころに入水して自ら死んだことが、その性格に尾を引いているらしい。

父親は留守がち、継母《ままはは》は腹違いの弟たちの世話にかかりきりだ。お園は真っ白な猫を飼い、着せ替え人形のように可愛がっていたが、その猫が死んでからは、急に閉じこもりがちになった。

そんな娘を案じ、気分転換にと父親が寄席に誘いだしたことで、落語好きになった。このお園が初めて心を奪われた噺家が、円朝だったわけである。

その美貌に一目惚れして、円朝は近づいたが、もとより結婚の意志などはない。男の心を、自分一人に縛り付けておくことは叶わず、次第に奇矯な振る舞いが目立つようになったという。

そんな事情を聞いて綾は、それなりに納得はした。

だが腑に落ちない点もある。

「でも、何故わたしみたい者を、想い人と勘違いしたんでしょう。篠屋まで押し掛けて来たりして、どうして名前や住まいを知ったのか……」

「ああ、ほんとにねえ」

お簾が同調した。

「見ず知らずの娘が、どうやってそこまでやれたんだか。師匠はまた、本命を隠すため奥の手を使ったんじゃ……」

「なーにが奥の手なもんですか、おかみさん。美女の前で、滅多な寝言を言ってもらっちゃ困ります。ほれ、一、二、三で起きてくださいよ」

とお簾の顔の前で、パチンパチンと手を叩いてみせる。

「なに、こんなこたァ、人を雇って調べさせりゃ簡単なこってすよ。塩屋は大店ですから、専門の調べ人を使ってましょう。その者に、ちょいと鼻薬を嗅がせりゃ、そりゃもうあっという間にやってくれますわ」

円朝は腕組みし、苦笑して何度も小さく頷いた。

「ほら、綾さんが届け物を持って、葛乃舎に行きなすった時、近くで偶然あたしと会ったでしょう。たぶんあれが密偵に目撃されて、怪しまれるようになったんですわ」

お簾は、なにそれという顔になったが、何も言わない。

大方、そういうことには違いないと綾も思い、頷いた。

ただ……と綾は秘かに思うのである。お園は、あの〝いい女〟の一席を聞いたのではないだろうか。

どこかであの噺を聴いたのがきっかけで、嫉妬に火がついたと考えれば、すべてが整合する。

噺に出てくる、あの自分に似て非なる〝いい女〟に、お園は嫉妬したのに違いない。

綾に探索の手が伸びたのは、その後だろう。

だが綾はそのことは言わない。

円朝も、黙って莨に火をつけた。

互いに隠し事があるためか、少し気詰まりな空気だった。そんなところへ、お波がいそいそと茶を運んで来たのである。

「やあ、お波ちゃん、元気にやってるかい」

円朝はほっとしたものか、気軽すぎるほど気軽に声をかけ、

「今度の休みはいつなの」

などと、口説《くど》かれたくてたまらないお波を喜ばせている。

やっぱり〝ぞろっぺえ〟だ、と綾は思わずにはいられない。

いや、噺家はもしかしたら、それでいいのかもしれなかった。

円朝は、気味が悪いほど頭がよく回る。おそらく天性、その方面の勘がいいのだろう。男がぞろっぺえであれば、女はいくらか軽蔑してかかるから、誰もが油断して自分をさらけ出してしまう。

客あしらいがうまく、計算高いお波でも、円朝の前では、安心して自分をさらけだしているではないか。こんなすれっからしの女からだって、円朝という達人は、この調子で、思いがけぬ瑞々《みずみず》しい養分を吸い上げるに違いないと綾は思った。

賑やかな笑いが行き交い、莨の煙が煙たく漂うなか、綾はそっと席を外した。

帳場を一歩出ると、ぶるりと震える寒さだった。

今日は雪にでもなるかしらと、勝手口から空を仰いでみると、もくもくと黒い雲が広がっている。

綾はアカギレだらけの両手を胸の前でさすりながら、ゆっくり台所に向かった。

第五話　雪女の話

一

「おかみさん、おかみさん、起きてくだせえ……」

と廊下の奥から聞こえてくる声で、綾は夢から醒めた。

目を開かなくても瞼《まぶた》に感じる光と闇で、時間が分かる。もう起床時間の七つ半（五時）に近いが、あまりの寒さに夜具から出られず、丸まったままじっと耳をすました。

聞こえてくる声は意外と深刻のようだ。

声の主は、甚八らしい。

今年で五十を過ぎ、最年長の船頭だ。腕はまだまだ達者だったが、近年膝を痛めていて、長時間は舟に乗れない。頭《かしら》の磯次はそれを考え客が少ない深夜の当直に回したから、空いた時間はお簾を手伝うようになった。

雪なんかで起こさないでおくれ……、というお簾の声がしたようだったが、甚八の声は急に高くなった。

「いや、おかみさん、雪は雪だがね……」

師走《しわす》に入って間もないこの日、江戸は大雪に見舞われた。

折から入港した船が、京から重大情報を運んできたとかで、御城下はざわついていた。十五代将軍に、一橋慶喜《ひとつばしよしのぶ》が決まったというものだ。

篠屋でも、いつもより武士の客が多く、十五代様が……慶喜公が……、と酒席にはその名が飛びかっていたのである。

だがその客たちも、いつもより早々と引き上げた。

宵の口からチラチラ舞い始めた雪が、次第に勢いを増して、江戸を真っ白に埋め尽くしそうな勢いだったのだ。

四つ（十時）過ぎまで博打《ばくち》をしながら待機していた船頭らも、当直を残して帰ってしまった。

明日はおそらく、雪見客で大わらわだろうという読みだ。炬燵を置いた屋根船で、芸者と雪見酒を楽しむのである。

甚八は船頭部屋で夜着にくるまって仮眠をとり、そろそろ軒行灯《のきあんどん》の灯を消す七つ半(朝五時)ころ起き出して、外の様子を見てみた。

雪はすでに熄《や》んでいたが、篠屋の前には膝が埋まるほどの雪が積もっている。

(どれ、ひと汗かいて熱燗《あつかん》でもくらい、寝直そうか)

そう考えて尻端《しりはし》折《よ》りをし、高下駄を履いて、外に出た。

長い船頭稼業で鍛えた腕で、難なく雪を両側に積み上げていく。川べりの道で、近所の犬がしきりに吠えていた。

それがあまりにしつこく、一か所で狂ったように吠えたてるのが気になった。何か嫌な予感に導かれ、まだ除雪されていない雪を漕いで、犬のそばに近寄ってみた。

やっぱり……。思った通り人が倒れている。

敷地の外の側溝に半ば埋もれ、うつ伏せだが首をねじ曲げて、顔の半分が雪から出ていた。

まだ夜明け前の、人けもない静かな雪の中に佇んだ甚八は、いつか舟客から聞いた話を思い出した。

武家町では、往来に死体があれば、そのそばの屋敷が処理するという掟がある。それが厄介なんで、自分の屋敷前に死体を見つけたら、大急ぎで隣家の前に動かしてしまう……と。

だがここは武家町ではないし、足跡は降る雪にかき消されてしまい、まるで空から降ってきたようだ。

さてどうしたものかと、手にした雪かきで周囲の雪を取りのけてみた。

刀、羽織、袴、黒い皮足袋を履いた足……と、だんだん現れてくる。途中で脱いだものか履物はない。雪かきの先でちょいと肩をついてみると、もとどりが切れてざんばらになった頭部が、ピクッと動いたような気がした。

甚八は水死体には馴れている。だが〝生きた〟死体にはぞっとして、雪かきを放り出し母屋に駆け込んだのだ。

「ええ？　動いたって……」

お簾のくぐもった遠い声に、綾はビクッとして跳ね起きた。息がある行き倒れは時間との勝負、急がなくちゃと思う。

「それも、運悪くお武家さんでさ」

と甚八の声。

「……六つの鐘が鳴ったら番所に届けておくれ」

と迷惑そうな声が続く。

ドシドシと戻っていく甚八の足音を聞きながら、綾は手早く身支度を始めた。刺し子の働き着、前垂れ、襟巻き……。

隣でまだ眠っているお波を起こさぬよう、そっと部屋を出て、勝手口に出ていた足駄をつっかけ、外に飛び出した。

視界は一面の雪、身を切る寒さだった。

すでに朝の光に明るんだ中、甚八によって踏まれた足跡を辿って、通りに出る。しんとして誰もいない通りの端の側溝に、人がうつ伏せに倒れている。周囲に誰もいない。

綾は思わず、そこにしゃがみ込んだ。

顔の雪を払い、冷たい頬を平手でぴしぴしゃ叩き、呼びかける。

「大丈夫ですか、お武家さま、しっかりして……」

すると何度めかに、身体のどこかが、微かに動いたようだった。

「あれっ、お武家さま、お武家さま、起きてください……」

頬は氷のように冷たかったが、呼びかけながら懸命に掌《てのひら》で叩き続けると、ふっと溜息が漏れた。

ただの空気音かもしれないが、冷たい口元に耳を押しつけると、何か、言葉らしいものを漏らしたようだ。そこへ誰かが近づく足音がして、そばにかがんだ。

「無駄だって、綾ねえさん。もうホトケさんじゃゃねえか」

その声は千吉である。

綾は顔も上げずに言った。

「いえ、まだ生きてるよ。ほら、脈があるもの」

千吉が死体の手を取って脈を診ているところへ、綿入れに身を固めたお簾が、両手に白い息を吐きかけ、ぶつぶつ何やらこぼしながらもやって来た。

「おや、千吉、やけに早いじゃないか」

「いえ、雪かきしようと起きたところへ甚さんが来て、死体があるッてんでね……」

千吉が言いかけると、当の甚八が、船頭の弥助を連れて駆けつけて来た。千吉は勢いよく立ち上がる。

「甚さんよ、このお武家さんまだ死んじゃいねえぞ。脈がある」

「そうかね」

「そうかねじゃねえだろ」

千吉の声に、慌てたようなお簾のきんきん声が重なった。

「甚さん、死体と生き死体じゃ、えらい違いじゃないか。生き死体なら一刻も早く温めなくちゃ！　ほれ、千吉、ぼやッとしてないでお医者を呼んで来ておくれ」

「合点です、裏の同朋町まで一ッ走りしてきまっさ」

「大急ぎで頼むぞ」

言ったのはそばにいた弥助だ。長屋で寝ていたところを甚八に叩き起こされたらしく、夜着の上にどてらを羽織り、尻端折りの下に股引《ももひき》で、素足に雪下駄を履いている。

「このお武家はおれが担ぐ。誰か、風呂の残り湯を温《あ》ッためてくれよ、ぬるま湯でいいんだ」

その声に、甚八が風呂の焚き口の方へ走って行く。

弥助は身を屈《かが》め、そのがっしりした背中に、何なく武士を背負って立ち上がった。

そんな様子に、綾は少し感心していた。凍傷者はぬるま湯につけるのがいいとは綾も知っていたが、さすがこの船宿では誰もが心得ているようだ。

そればかりか、ここには手前勝手な人が多いが、人助けとなると、急に生き生きと動き始めるのだ。

風呂の残り湯が温まる間、火鉢で温めた船頭部屋に男は横たえられた。綾はその濡れた手や顔を手拭いで拭き、掌で静かにさすった。男の右手の指に大きな剣胼胝《けんだこ》があり、剣の遣い手であろうことを伺わせる。

そこへちょうど歯磨き中らしいお波が、房楊子《ふさようじ》をくわえたまま様子を見に現れたから、温石《おんじゃく》（焼き石）の用意を頼んだ。

湯がほんのり温まったころ合いに、町医者が雪まみれで飛び込んで来た。綾は安心して台所に戻った。

二

ぬるま湯で温められ、温かい湯を呑み、乾いた夜着を着て、行火《あんか》の入った夜具にくるまり、温石を腹に抱いて……男は息を吹き返したのである。

身体が常態に戻り始めると、全身の痛みに呻《うめ》いたが、それでもお孝が粥《かゆ》を作って持って行くと、半身を起こして啜った。

だが怪我をしていた。

足指に凍傷《とうしょう》があったし、首の回りに紐《ひも》がきつく食い込んだような痕があった。身体が温まると腫れて、一部に血が滲み、男は痛みに顔をしかめた。

ただ、何があったのか、何を訊いても、首を振って答えない。紐で締められたらしく、喉《のど》を痛め、声が出ないようだが、それ以上に何も答えたくないらしい。口にも出来ぬことがあったのか、記憶を失って思い出せないのか、ただじっと天井を見上げているばかりだ。

何て暗い目をしているのだろう、と綾は思った。死の手前まで行くような、いわく言い難い何かがあったのだろう。

「旦那、誰かに首を締められたんですか。それとも首でも吊ろうとして仕損じたのか……」

と千吉が、軽い調子で聞き出そうとするが、やはり答えない。

賊に襲われて奪われたのか、紙入れや、素性の分かるものは、いっさいなかった。ただ身につけていた着物は、やや草臥《くたび》れているが、刀は素性の悪いものではなさそうだ。

顔色が戻ってくると、人品骨柄も卑しくはなかった。

年は二十二から、五くらいまでか。長めの顔、濃い三角眉、吊り上がり気味の細い目、鼻筋は通り、唇は厚め。やや尖った感じはするがしっかりとした顔立ちで、額の右端に一寸ばかりの、薄らいだ刀傷があった。

千吉が届けたらしく、五つ（八時）を過ぎると番所役人がやって来て、一応の事情を訊いた。だが男は呻きつつ、何も覚えていないそぶりを見せるため、役人はうんざりしたようだ。

事件性はなさそうだし、ここは千吉に任せるからもう少し様子をみよ、と言い置いて帰ってしまった。

男は船頭部屋の奥の、厠に近い四畳間に寝かされていた。そこは船頭の仮眠用の部屋だったから、何かと支障が生じる。

二日たってお簾が帳場で言いだした。

「うちはこの通り手一杯で、お武家様には不調法だ。これ以上はとてもお世話しきれないよ」

そう言うお簾は、人助けの名人だったのだが。

昔、二人の子を連れて大川に飛び込もうとしたお孝を、間一髪《かんいっぱつ》で救った。それから十年たった今では、その三人ともが篠屋の戦力になっている。

甚八もまた、転覆船にしがみついていて助けられたという。

だが相手が武家では、そう簡単にもいかないだろう。

噂を聞きつけたものか、三日たって富五郎がひょっこり帰って来たのである。事情を聞いて眉間に皺を寄せ、首を傾げた。

「面倒見きれないにせよ、放り出すのはいかん」

と腕を組み、莨を吸って、しばらく考えていたが、何を思いついたかまたどこかへ出かけて行ったようだ。

一刻（二時間）ほどして帰って来たから、綾はすぐに茶を入れて、運んで行った。

「……あのお武家さんを、仙石治療院にお移ししろ。玄斎先生が、傷が癒えるまで預かってくれるそうだ」

富五郎はそう言って、お簾を驚かせた。

富五郎は仙石玄斎とは、古い碁友だったのだ。同じ碁会所でよく顔を合わせ、帰りに一杯やってへべれけになる酒友でもある。

その玄斎を思い出し、相談をもちかけた。行き倒れ武士には、凍傷と首の傷だけでなく、何か心の病もあるらしいから診てもらえないかと。

話を聞いて玄斎は、重病人用の病床が一つ空いているからと、当面の治療を引き受けてくれた。

椙森神社のそばにある仙石治療院には、いつも貧しい患者が押し掛けていた。玄斎は伝馬牢の牢医も兼任して多忙だったが、息子の圭斎が蘭方医であり、若い見習医も出入りしていた。

おかげでこの行き倒れ武士は、その日のうちに駕籠で仙石治療院まで移されたのである。

皆はほっと胸を撫でおろし、篠屋には平穏が戻った。

だがこの謎めいた出来事が、これで終わったわけではない。

三

篠屋の年末の恒例行事は、十二月二十八日の煤払《すすはら》い、二十九日の床飾り、三十日の餅つきと続く。

床飾りは初期の猪牙舟の模型に、昔は武士の端くれだったという篠屋の先祖の刀を組み合わせ、輪飾りをかけて床に飾るのだ。

まだそうした行事には間があるが、篠屋はそろそろ年末態勢に入っていた。十二月も半ばになって、また雪がちらつき始めた。

雪は間もなく熄んだが、呑み客は早々に帰った。

「火の用心、さっしゃりませ……」

という、いつも四つ（十時）に聞こえるその声を合図に、綾とお波は部屋に下がった。

お簾が寝所に向かうのは、さらに半刻ばかり後になる。

吉原の大門《おおもん》が閉まるのは九つ（十二時）。それに間に合おうとするお客が、毎日一人や二人はいる。吉原へ向かうそんな最終の客を、提灯で足元を照らしながら船着場まで見送って、お簾の一日の仕事は終わるのだった。

昼間の疲れで綾はすぐに寝入ったが、目覚めたのは何時ころだったか。夜着の上に綿入れを羽織り、懐《ふところ》には温かい温石を入れたまま、厠に立った。廊下を通る時、勝手口の方でバタバタと足音や人の声がしていた。

深夜は男たちの世界。そこで何があるにせよ綾には無関係だったが、帰りがけに、ふと耳にひっかかる声があった。

何人かが、まだ竈の温もりが残る台所にいて、中の一人がボソボソと喋っている。聞いたことのないその声は、低かったが、どこか殺気だっていた。

綾は、暗い廊下を挟んで斜め向かいの襖の前に座り、少しだけ開いてそっとのぞいてみた。

油に煤けた掛け行灯のほの暗い灯りに、上がり框に座っている男たちが照らし出されている。四人いた。

よく目を凝らすと、喋っている男を取り巻くように、千吉、甚八と、見覚えのない若い男がいる。目が馴れるにつれ、驚きが広がった。竈に最も近い温かい所に腰かけ、喋っているのは、あの行き倒れ武士ではないか。

喋る声を聞くのは初めてだが、なるほどあの面長で、尖った感じの顔ではこんな声かな、と思わせられた。

綾は唾を飲み込み、襟を掻き合わせて、座り直す。

「……まずは無事で良かった」

「賊の顔は見なかったか……」

などという言葉の端々から、就寝中に賊に襲われたことが浮かび上がる。どうやら今夜、仙石治療院の病床に寝ているところを、真上から一突きされそうになったらしい。

話を聞いていると、こんな具合だったようだ。

武士は寸前に首をねじ曲げて逃れ、とっさに枕元に置いてあった松葉杖を取り、したたか賊の手首を打ち据えた。

刀を叩き落とされた賊は、天井に届くかと思うほど飛び上がり、脇差しを振りかぶって飛び掛かってきた。

それをも杖で叩き落とされて、賊は部屋を逃げ出した。

あとを追って暗い廊下に走り出たが、賊は廊下を疾走し、外された雨戸の隙間から庭に飛び下りて、逃げ去った。

武士はすぐ部屋に引き返し、行灯に火を入れて、身の回りをまとめた。そして玄斎に宛てて、一通の手紙を認《したた》めたのだ。

〝自分は小寺悌次郎《こでらていじろう》と申す旗本である。過去の悪行《あくぎょう》がたたって、自分を付け狙う者がいる。たった今も賊に襲われて撃退したが、同じ騒ぎが再びあっては、世話になっている治療院に申し訳が立たぬ。ゆえにこれを書き終えたら、ただちに自分はここを出て、江戸を去る所存……〟

と書いた時、がらりと襖が開いて、玄斎が入って来たのである。

小寺は筆を捨てて、その前に平伏した。玄斎はずかずか入って来て、手紙に目を通し、そこにどっかり座った。

あとで知ったことも加えると、それから二人の間に、およそこんなやりとりがあったようだ。

「やっと名前を思い出したようだな」

と玄斎は言った。

「……とすればお徒歩頭《かちがしら》の小寺長太郎《ちょうたろう》殿は、おぬしの兄上か。九段坂下《くだんざかした》の斎藤弥九郎《さいとうやくろう》の練兵館《れんぺいかん》で、御三家に数えられる高弟の小寺某とは、おぬしのことか……」

驚く相手に、玄斎は言った。

「ああ、いや、答えなくともよい。ただ今日限りで、小石川《こいしかわ》の兄上の屋敷を出る気なのだな」

「はい、そのつもりです」

「何があったか知らんが、それがいい。実はわしも仙石家の三男で、家を飛び出した者だ」

「………」

「江戸を出るなら早い方がいいが、この時間じゃ番所が閉じていて、出られまい。舟を使え。川や海に番所はない。うちの若い衆に送らせるから、これから柳橋の篠屋に行くがいい。いつでも舟を出してくれよう」

四

（なるほど、そういうことだったのか）

と綾は思った。

というのも、綾は、この〝小寺悌次郎〟の名を突き止めるため、下ッ引の千吉が何度か病院に通っていたのを、本人から聞いて知っている。

綾が洗濯して火熨斗《ひのし》をかけた、清潔な衣類を届けたり、握り飯などを差し入れするかたわら、すでに松葉杖で歩けるようになっていた件《くだん》の武士を、火鉢のある面談室に呼び出しては、いろいろな話をしていたのである。

だが武士は、何を訊ねても細い目をさらに細めるようにして、首を振るばかりだった。

「綾ねえさん……お手上げだ。あの旦那、声が出ねえふりして、何か悪事でも企んでるんじゃねえの」

とある日、千吉は言った。

この忙しい師走の日々、界隈を聞き回ってもみたのである。あの妙な事件は、自分のシマで起きたのだ。

だが柳橋と両国界隈で、料理店は何十軒もあるし、師走でどこも客が多かった。加えてあの夜は将軍決定の報が流れたせいもあってか、どの店も混みあっていた。莨の煙と人いきれに煙る店内で、ぼんやりした行灯の灯りの中、客に目に止めている仲居などいなかったのだ。

「おいら、もう下りたよ」

と言うのを聞いて、綾は首を振った。

「それは違うよ、千さん。声が出ないふりをしてるとしても、あの人、何かを恐れてる。追われてるんじゃないの。背後に何があるか、知りたくない？」

思いがけぬ反応に、千吉は目をむいた。

「そりゃ知りてえけど、本人があれじゃァ無理だよ。それに知ったところで、どうなるもんでもねえ」

「実はあの日のことで、まだ話してないこともあるし……」

「何だよ、それ」

まだ話していないこととは、あの雪の朝、男の冷たい頬を叩いて覚醒させた時、かれが薄く目を開いて何か呟いたことだ。

「ゆきおんな……って。わたしにはそう聞こえたの」

「雪女？……くだらねえ」

千吉はおうむ返しに言い、揶揄《からか》われたと思ってか、きつい目で綾を睨んだ。綾も黙って見返した。

「初めは聞き違いかと思ったけど、そうでもない。あの方の様子を見ていると、何か言うに言えないことがあったんだろうって、そんな気がするの」

「ふん、そうかな。雪女ねえ」

と千吉は首を傾げ、腕を組んで少し考え込んでから言った。

「それとも……女にやられたってことかな」

それが千吉に火をつけたらしい。また二、三日した午後遅く、外から帰って来るや、綾のそばにしゃがみ込んだ。

綾は、薪三郎が蔵から出した正月用の食器類を、布巾《ふきん》で丁寧に拭いていたところだ。

「あのお武家、小寺悌次郎って名前で、お旗本らしいぜ」

綾は手を止めて相手の顔を見つめた。

「旗本ですって？　どうして分かったの」

「もう一度、洗い直してみたんだ」

今度は居酒屋などちょい呑みの店ではなく、船宿、待合、小料理屋など、芸者がからみそうな店に絞ったという。

すると何軒めかで、やっと手応えがあった。あの雪の宵、柳橋の船宿『川辺《かわべ》』の二階に上がり、何やら話し込んでいた若い三人の武家がいたと。

いずれも幕臣らしく、もっぱら〝十五代将軍〟の話で盛り上がっていた。だが二人は早めに引き上げ、最後に小寺が残った。

どうやら今夜これから行く当てがあるのか、さらに盃を重ね、四つ（十時）の鐘を聞いてから、一人で雪の中に出て行ったという。

「なぜそのお武家が小寺悌次郎で、行き倒れの武士と分かったか、ッてえと……」

実はその前日、『川辺』に小寺を探しに来た者がいたという。

〝身内〟の者と言って、名を名乗らぬまま、十日前にここに仲間と呑みに来た小寺悌次郎の、その後の足取りを調べていた。あれきり悌次郎は帰って来ないのだという。

むろんその船宿側は、知るよしもない。

それどころか初めての客だったから、宿帳に記されていた小寺、井村《いむら》、武下《たけした》……という名前と、顔さえ一致しなかった。

ただ、唯一の手がかりとして、〝小寺の額には刀傷がある〟と言われた時、仲居はようやく思い出した。

そういえば……と、おぼろな行灯の灯で見た記憶を手繰って、その名と顔がやっと一致したのである。

年配のその仲居が言うには、

「このお三方は、お旗本だと思いますよ。それもご次男か三男……。え、何故分かるかって？　ホホホ、あたしゃこれで、三十年もこの商売で食べて来たんですよ。ええ、お仲間で何やら話していなさるのを聴いてりゃ、すぐに分かります。徳川のこと、とくせんと言いなさるしね。それにお一人の顔に傷があったでしょ。こう言っちゃ何だけど、お旗本のご次男さんって、乱暴者……いえ、やんちゃなお方が多いんですよ……」

千吉はすぐに治療院を訪ねて玄斎に会い、このことを話した。すると手炙《てあぶ》りに両手をかざして聞いていた玄斎は、

「ふーむ、根性だのう。よくやった」

と感心したように言った。

「いや、旗本の二、三男だろうとは、わしも思っておったよ。十日以上たって、やっと探しにきたのは、部屋住みの身だからだろう。嫡男であれば、もっと早くに飛んで来るさ。それと、右手に大きな剣胼胝が出来ておる、よく足腰を鍛えておることからしても、町の剣道場で、師範代などしておったかもしれん……」

凍傷で足指が二本と手の指が二本、危ないところだったという。

「よし、千吉、お前が名前を突き止めたのは伏せて、向こうが名乗るのを待つのだ。そのうち喋るだろうから、この先はわしに任せなさい」

千吉が綾にそう話してくれたのは、つい数日前だったのだ。

そんななりゆきからして、そこにいる見馴れぬ男は、悌次郎に付き添ってきた治療院の若い衆だろう。四人でまた何やらヒソヒソ話していたが、そのうち若い男と千吉が出て行った。

入れ違いのように表玄関で戸が開く音がした。

小寺はとっさにそばの刀を握って、身構えた。

甚八は急いで土間に下り、

「大丈夫でさ、旦那、こんな夜更けでも、灯りが灯っておれば寄ってくれるお客さんもおるでな。もう少し待ってくだせえよ、千吉がいまお頭《かしら》を呼びに行っておるで……」

と落ち着かせるように言った。

そういえば磯次は今夜、船頭仲間の通夜に出るため早上がりしていたのだ。

その船宿も住まいも、ここからそう遠からぬ蔵前の先だった。

おそらく小寺をしかるべき所まで送るには、自分より磯次の方が腕力もあり水路にも詳しい、と甚八は考えたのだろう。

どこかでしきりに犬が吠えていた。

甚八の姿が消えると、薄暗い台所に一人取り残った小寺悌次郎の後ろ姿が、黒い寂しい影となって見えている。

小寺はのっぴきならぬ事情に押されて、江戸を出るらしい。それは大変なことだが、あの〝生き死体〟状態から、ここまで回復したことを喜ぶべきだと、綾は思う。

玄斎先生が、千吉の調べ上げた名前からその身元を割り出し、何か当面の救済措置を講じたようだった。それを知っただけでも、今夜は安眠出来そうな気がする。

今は夜具に戻って、冷えた身体を温めたかった。綾はそっと後ずさりして襖から離れ、立ち上がった。

その時、襖の向こうから声がした。

「綾さんか」

えっ、と飛び上がりそうになった。驚きのあまり声も出ずに、凍りついた。どうして、自分がここにいるのが分かったのだろう。

「………」

一瞬、戸惑った。だが覚悟を決めて襖のそばにしゃがみ直し、襟元を整えて、静かに襖を開けた。

一日中火を使う台所は、ほっと温かく煮物の匂いが籠っている。綾は膝で入り、襖を閉めてから両手をついた。

「申し訳ございませんでした！　通りかかったらお声が聞こえましたもので、つい……」

「あ、いや」

と小寺は振り返り、薄闇を透かすようにして綾を見た。

「詫びを言うのはこちらだよ。いや、礼を申したくて呼んだんだ」

「………」

「何かと騒がせた上、洗濯や差し入れまでしてもらい、すまなかった。もう迷惑かけるのもこれが最後だ」

「まあ、迷惑だなんて。もっと養生なさいませ」

と綾は笑みを浮かべて言った。

「そう言ってもらえるのは、望外の幸せだ。おれのような嫌われ者は、あのまま死んだ方が良かったんじゃないかと……。どうもそう思えてならんのでな」

「まあ、せっかく命拾いなさったのに、罰当たりなことを。皆、喜んでいますよ」

この人は何を考えているのだろう、と綾は思った。

その時、甚八が入って来た。

「寒いと思ったらまた雪だで。よく温まってくだされや」

言いながら、竈の火をかき起こす。板の間の隅に綾がいることには気がつかぬまま、茶の盆を持ってまた出て行った。

「また雪か……」

と小寺は呟いた。

「あの……、凍傷はぶり返すことがございます。差し出がましいようですが、お発《た》ちは、雪が熄んでからになさっては」

思わず言うと、小寺はオヤというふうに綾を見て、

「いや、先を急ぐ」

と自らに励みをつけるように頷いた。

「しかし、おれはどうも雪に因縁がある」

「そういえば、先日のあの夜も雪でしたね」

「そう。その三年前に、博打で大負けした日も久々の大雪だったよ。どうも、おれは雪に祟《たた》られておるようだ」

「雪女に？」

ハッと小寺は口をつぐむ。

急にしんと静けさが深まり、雪の音が聞こえるようだった。冗談めかした言い方だったが、響いたらしい。このお方は何か話したいことがあるのだな、と綾は感じ、相手が口を開くのを待った。

「あの夜……」

ややあって、小寺は誘われるように言った。

「十五代将軍の報が流れたあの夜だが……おれはその噂に浮かれ、久々に昔の仲間と呑み明かそうと、兄の家から多少の金を持ち出したんだ。いや、後先なんて考えねえさ。ところが宵の口から雪になり、意外にも皆は引き上げていった。昔は夜っぴて遊んだワルどもも、オトナになったんだなと、おれは思った。ならねえのは、このおれだけだと」

金は、ほぼそっくり手元に残ったのだ。

このまま真っすぐ家には帰りたくなかった。仲間たちへの微かな敵愾心もあったかもしれない。

ふと思い浮かんだのが、三年前に大負けした、両国の垢離場《ごりば》にある怪しげな賭場《とば》だった。大負けし、借金を返すのに、地獄を見た因縁の賭場である。

しばらく足も向けなかったが、これであの時の雪辱《せつじよく》を果たそうか、と大それたことを思いついたのだ。

もし運よくまとまった金が儲かれば、このまま家を飛び出し、居候《いそうろう》の立場を返上したい。素行が悪いという評判が立ち、なかなか婿養子の口もなく、厄介者《やつかいもの》でしかない我が身に、腐りきっていたのである。

「この大雪をやり過ごすにはいい方法じゃないか、とすっかりその気になった。そんな気分を誘うように、雪は降り続いた。おれはいい気分で賭場に向かったんだ」

五

……だが、おれにはツキがなかった。また大敗けしてしまったんだからな。

博打には強いこのおれとしたことが、なぜだったか。あの鬼どもは、前と同じ条件を持ちかけてきた。

「借金をチャラにするには、二つの方法がある。右手首をもらい受けるか、こちらの指図通りに人を斬るか……」

あと一刻もすれば、近くの垢離場から品川行きの船が出ると。前と同じく〝人斬り〟を選ぶなら、それに乗れというのだよ。

品川で、早朝に出航する商船に乗り込んで、おまえは京へ向かうことになる。指示は京で出るはずだ。仕事を無事にし遂《おお》せれば、借金が棒引きになる上、百両の報償金が出る。おまけに今度の人斬りは一回限りで、後腐れはないと……。

借金棒引きの上に報奨金がもらえ、後腐れがないと？

こんないい話、そう滅多にあるもんじゃねえさ。三年前には三十両そこその負けを返すために、見ず知らずの男を何人か斬らなければならなかった。たぶんひとかどの男が、やくざな男の借金の代償で、その命を奪われたのだ。

しかし……とこの時ばかりはおれも考えた。慶応二年もどんじりのこの時期に、闇の力をもって闇に葬りたい人物とは一体どこのどなたか？

まともな者なら誰しもそう考えるだろう。おれもまだ幾らかまともが残っていたらしく、そう考えたんだ。そしてその時、背筋に冷たい汗が滲むのを感じたよ。

政《まつりごと》にはとんと興味がないおれだが、通称〝橋公〟（一橋慶喜公）が将軍になれば、徳川はまだしばらく安泰だ、と思うほどには関心がある。

その〝橋公〟はここ数か月、京の御池通《おいけどお》りの〝若狭小浜《わかさおばま》藩邸〟に滞在中であることを、知っていた。十五代将軍に就任した今は、年が開ければ早々に、晴れて二条城に所替えすることも、兄から聞いて知っていた。

「一体おれは、誰を斬るのだ？」

ある思いに苛《さいな》まれ、思わずそう口走ってしまった。だが相手は逆に問うてきた。

「船に乗るのか乗らぬのか？」

乗る、とおれは答えた。

「ならば少し眠っておけ」

刀を抱えて部屋の隅に寄り、渡された茶碗酒をあおったものの、胸苦しくて仮眠など出来るはずもない。部屋の空気は淀んで、息をするだけでむかむかする。頭の芯が冴えざえし、身体だけが妙に火照った。

「少し外の空気を吸ってくる、すぐ戻る」

と言い残し、プイと賭場を出た。懐に財布をねじ込み、腰に刀を差し、傘と高下駄を借りて出て行くのを見ても、誰も止めはしない。行き先を心得てるからだよ。

両国橋界隈は真っ暗だったが、雪明かりに地表は仄《ほの》白く、足元から凍りつきそうに寒かった。雪がサラサラと音をたてて、蛇の目傘に降り注いだ。

その凍てつく寒さが、嫌な汗にまみれた身には心地よかった。

そう、三年前の雪の夜も、こうして雪のふりしきる中に彷徨《さまよ》い出て、ねぐらに帰る途中の夜鷹《よたか》を拾ったのだ。連れ込まれた、あの川っぷちの掘っ立て小屋はどこだったろう。

あの夜、雪のためお茶をひいた夜鷹は、身も心も寒さに震えていた。まだ夜鷹という境遇に落ちて間もないのか、素直な物言いをする女で、似たように身も心も冷え込んでいたどん詰まりのおれには、お似合いの相手だったよ。

あの時の曖昧《あいまい》な記憶を辿って、大川の川べりを行きつ戻りつしたが、家も木々も雪に埋もれて目印もない。

あるいは神田川べりの柳原土手《やなぎわらどて》だったか……。あれこれ思い惑い、すでに帰るべき時間を過ぎているのを知りつつ、おれは雪の降り積もる両国橋を、柳橋の方へと渡った。

女に会いたかったか、過酷な運命を逃れたかったか。

どこをどう歩いたものか、よく分からない。どこかの土手を彷徨っている時、首に激しい痛みを感じた。背後から紐のようなもので襲われたのだ。金目当ての物盗りなのか、逃亡を疑った賭場の制裁だったか、それもよくは分からん。

あるいは雪のせいで、誰もかれもが、少しずつ歯車が狂っていたかもしれん。刀にかけては鉄壁のこのおれさえ、手がかじかんで刀を抜けなかった。気合を入れて、刀を抜こうとする努力もしなかった。

これまでかと思った。泡のような人生だったが、京へ拉致《らち》されるよりましと思い……雪の中に頭から突っ込んだ。

「……起きなさい、歩きなさい、もう少し、もう少し」

そんな囁きを耳元に聞いた時は、あの会いたい夜鷹とついに巡りあったか、と喜んで目を見開いた。

だが誰の姿も見えず、囁きだけが聞こえるのだ。

「船宿の灯りを目指して行きなさい……」

それからは、何度もこけてはこの声を聞き、立ち上がっては歩いた。あれはおれの心の声だったのか、降りしきる雪の精の囁きだったか。

いや、実際におれはあの後、さらに不思議な体験をしたのだ。

小降りになった雪を透かして、船宿の灯りが見えた時だった。ああれだ、もうすぐだと思った。そのとたん力が抜けて、おれは雪の上に倒れ込んでしまった。

もう精も根も尽き果てたのだろうな。いや、よくここまで保《も》ったもんだと思う。もうどうでもよくなった。到着点を目前にして、そこへ到達出来ず、むしろ遠のいていく自分を、他人のように感じていたのを覚えている。

そんな時だったのだ、おれを呼ぶ声を遠くに聞いたのは。

「起きなさい、お武家様……」

急に強い力で引き戻されたような気分で、薄目を開けると、女の顔がおれを覗き込んでいた。その顔は、どこかあの女に似てはいたが、明らかにこの世の人ではなかった。

何と言ったらいいだろうか……輪郭はおぼろだったが、どこか雪のような白い輝きを発していて、見たこともない天上の美しさだった。

これぞ雪女……。

そう閃いたところで、またもすべてが闇に沈んでしまい、その後はおぼろ……。はっきり覚醒し、助かったと分かったのは、あの篠屋の温かな夜具の中だった。


下の船着場に舟が着く気配がし、男の声が聞こえている。

「お武家様、こちらへおいでなせえ、お頭が戻ったようだで」

と甚八の呼び声がした。

小寺は立ち上がって、綾を振り返った。

「すまん。おれとしたことがつまらん話を聞かせた」

「いいえ、大変面白うございました。お武家様は雪に憎まれているどころか、好かれていたんじゃありませんか」

綾はにっこり笑って、言った。

このお武家様はあの時、目は開いたけれど、わたしの顔を見たわけじゃないのだ、と思った。そこに、見たかった顔を見ただけなのだと。

「そうかな……」

小寺も初めて笑みを見せたが、それは人斬り魔だったらしい男とも思えぬ、清潔な笑顔だった。

「そうですとも……」

言いかけて綾はふと思いつき、

「ああ、そうそう」

と自分の懐に手を入れた。寝る時は懐に入れて温める温石を取り出して、目の前に立っている小寺に押し付けた。

そして台所の棚においてあった火打石を取って来るや、小寺の耳元でカチカチと切り火を切った。

「どうぞ道中ご無事でいらしてください。そしていつかきっと戻って来てくださいね」

「…………」

小寺は無言で小さく頭を下げ、船頭部屋の方へ去って行く。

その後ろ姿を見送りながら、綾は胸の中で呟いた。

（その時まであなた様に、その美しい雪女の御加護がありますように！）

第六話　酒乱斎

一

「チッ、暮れのこのくそ忙しい時に、はた迷惑な……」

小声で呟いたのは、調理人の薪三郎である。

暮れも押し迫って来た今日このごろ、座敷は連日のように満席で、薪三郎はいつもより早めに厨房に入り、料理の下ごしらえに熱中していた。

岡っ引の亥之吉親分がやって来たのは、そんな最中である。帳場に陣取って、子分の千吉を通じて奉公人を呼び出し、聞き取りを始めたのだ。

今しがたもその千吉が、

「おっ、やけにいい匂いがしてますね」

などと鼻をうごめかしながら台所に入って来て、山ほどの里芋や蓮根の皮むきに大わらわのお孝に声をかけた。

「おかあ、忙しそうで悪いけど、親分が来ていなさるんだ。ちっと顔を出してくんねえか」

「忙しそうなんじゃない、忙しいんだよ」

とお孝は迷惑そうに言い、それでも濡れた手を前掛けで拭きつつ、千吉のあとについて出て行ったのだ。

この秋口から両国界隈の料亭や船宿が、泥棒空き巣の被害を訴えていたが、いっこうに捕まらない。それどころかこの師走に入って、柳橋にも三件の被害が出たのである。

奉公人が忙しかったり、出揃っていない手薄な時間を狙ってしのび込み、金庫をこじ開けたり、手近な手文庫などに保管されている小口の金を奪い、姿も見られずに逃げ去るという。

つい二日前も、近くの料亭〝柚子亭〟が襲われ、帳場の小簞笥《こだんす》に入っていた相当額を奪われ、騒ぎになった。

だが賊が複数か単独なのか、両国を荒らしていた賊と同じかどうかも不明で、何ひとつ手がかりがない。

これまで軽く構えていた奉行所も焦り始めていた。同心藤枝右近《ふじえだうこん》と亥之吉親分は、何度か現場を検分し、被害者に聞き取りを行った結果、こう推測するに至った。

その手口からして、賊は事前に客として店を訪れて、下見《したみ》しているのではないか。それも一度や二度ではなく、厠に行くふりをして店内を偵察したり、奉公人と親しく喋っては、細かく調べ上げていたのでは……？

そこで今後の予防も兼ねて、この界隈の料亭や船宿を一軒ずつ当たり、〝不審な客〟に心当たりがないか、主だった奉公人から聞き取り調査を始めたのである。

「それも結構だけどさ、何をもって不審とするかだろ。お客さんだって人間だ、変な癖の一つ二つあって当然だよ」

しゅうしゅうと煮立つ鍋の蓋を開け、塩をぶち込み、青菜を根っこから沈ませながら薪三郎が言う。

「でも仕方ないよね、こんなことがしばしば起こっちゃ……」

と里芋の皮むきを手伝いながら、綾が呟く。人手が足りない亥之吉達の苦労を思うと、つい肩をもってしまう。

「そりゃそうだけど、店にはお客に限らず、いろんな人が出入りしてるんだよ。御用聞きや配達や棒手振りや……」

「親分さんは、お客さんを疑ってるみたい」

「そんなら、うちのおばさん引っぱり出しても、無駄だよ。お客さんと会わねえんだから。そもそも世間は怪しい人だらけだ。その中で、より怪しい奴を見分けろだなんて、頭が悪すぎねえか。……おっとそのザル取ってくれ」

「そんなこと言ってると、次に狙われるのは篠屋かもよ」

と軽口を叩いていると、お孝が戻って来た。

「お疲れさま、どうでした？」

「どうもこうもない。あたしゃ、お客さんには会やしないんだもの、何も答えられないよ」

とお孝は前掛けをしめ直した。

「次は薪さんと綾さんの番だって。ここはあたしに任せて、順に行っておいでな」

「おれは勘弁してもらいてえ、冗談じゃねえ、この忙しいのに営業妨害ってもんだ」

「それもそうだ。じゃ、薪さんはいいってことにして、ちょっと綾さん、顔を出して来なよ。親分さんも必死なんだからさ」

ということで、綾は汚れた前掛けを取り、鬢のほつれを直して、帳場に出向いた。

お簾は我関《われ》せずとばかり、炬燵の上に算盤を置き、紙をめくりながら懸命にはじいている。

千吉の姿はなく、亥之吉親分は、長火鉢の猫板に帳面を広げて、筆で何か書き込んでいた。

その声は船頭部屋から聞こえてくる。竜太と何か面白そうに喋って笑い合っているのだ。

「おお、綾さんか」

親分は顔を上げ、ぎょろりとした目をむいた。

「忙しいとこ呼び出して悪いな。事情は知っての通りだ、手間は取らせねえ。最近この宿やこの界隈で、あまり見かけねえ奴を見かけたとか、珍しいことがあったら言ってくれ」

「はあ、でも……」

頭が悪すぎるという薪三郎の言葉を思い出し、つい笑ってしまう。

「特に記憶に残るようなことはございません。わたしは裏方ですので、お客様とはあまり顔を合わせないし」

「しかし、あんた、宿帳にお客の名前を書き込んでるだろう」

「はい、でもそれは忙しい時だけで……。お役に立てなくて申し訳ございません」

「いや、まあ」

親分は帳面を手に取り、筆で何か書き込んでいる。

その姿を見てふと、何かが頭に閃いた。同じような姿勢で帳面を手にし、何か書き込んでいた人がいたっけ。あれはいつのことで、誰だったか……。

一瞬、目を宙に浮かせ思い出そうとした。

「……何かあるかい？」

綾の様子を見て、親分はすかさず声をかけてくる。

「いえ、特に怪しくはないんですけど、ちょっとだけ不思議に思ったことが……。ああ、あれは秋の終わりごろでしたっけ」

篠屋の女中に採用されて少したったころだから、十月半ばを過ぎていたろう。そう、炬燵開きが過ぎてからだ。

まだ客が来るには間がある時間、二階から台所に通じる裏階段をお波が下りて来て、火鉢の世話を綾に頼んだのだから。

「綾さん、上の大座敷の火鉢に、炭を足しといて！」

そう言われて、すぐに炭桶を抱えて上がって行ったのだ。

大座敷の手前の、小座敷の前を通りかかった時のこと、足がふと止まった。まだ誰も入っていないはずのその部屋に、客がいたのである。

町人ふうの男がひとり窓辺に立ち、左手に帳面を、右手に筆を持って、開け放した窓の外の風景を写し取っていた様子だった。

綾が立ち止まると、ハッとしたようにすぐに帳面を閉じて懐にしまい、何気なさそうに出て来た。

「いや、なかなか味わいある風景なんで、つい……」

と言って、大座敷に戻った。それだけのことである。

ただ、わざわざ隣の部屋まで行って、何を描いていたのだろうと綾は不思議に思ったのだ。そこから見えるのは、眼下に流れる神田川河畔の、見馴れた下町の風景だった。左側に柳橋が見え、川を越えてむこうに道が続き、大きな料亭が折り重なっている花街へと消えていく。

それを写生しても特に不審はないが、ここからもほぼ同じ風景が見えるのに、隣室まで入り込んで描く理由は何だろう、と思い、微かに記憶に残ったのだ。

だがいま考えてみると、見る位置の違いで、微妙に風景の違いがあるかもしれないではないか。うっかり疑わしいと断定して喋って、妙なことになっては困る……。

そんな綾の迷いを察してか、親分が言った。

「ただ参考にするだけだよ。何もすぐしょっぴく、なんてわけじゃねえんだから」

「はい、あの、特に怪しいことではないですが」

と綾は頷いて、その時のことを正直に話したのである。

するとと親分は腕組みをし、何か考え込むように黙っていた。

「ふむ、なるほど、外の景色をね」

とややあってから言い、やおら奥の船頭部屋の方へ、首をねじ曲げて怒鳴った。

「おい、千吉、ちょっと来てくれ……」

「へーい、何か御用で」

千吉が現れると、何やら耳打ちをした。千吉は頷いてすぐに帳場を出て行き、階段を駆け上がって行く。

千吉を待つ間に、親分はその客の人相を訊いた。

「ええと、チラと見ただけですけど、よく覚えています。三十半ばくらいでしょうか。ずんぐりしていて……」

「男前かい？」

「あ、いえ、そうでもないです。前歯がこう歯並びが悪くて、乱杭歯《らんくいば》というか……」

そこへ千吉が戻って来て、親分に何か耳打ちした。

「うむ、よし……」

親分は得たりとばかり膝を叩き、綾とお簾に向いて言った。

「一昨日被害にあった柚子亭ですがね、おかみさん。この二階の大座敷からは見えねえが、小座敷の窓からは、その屋根と二階が見えるそうですよ」

「へえ、知らなかったねえ。でも、それ、どういうことですか、親分さん？　もしかして怪しいお客さんなら、宿帳で名前を調べましょうか」

お簾は驚いて言った。

「いや、およその見当はついてるんで。実はね、両国の料亭で聞いた話だが、帳面に、部屋の様子を書き取っていた男がいたそうで……。いい部屋だから参考にしたい、てな理由で、別に怪しいわけでもねえんですが。一応、名前や人相は……」

「へい、聞き取ってありますよ」

千吉が言うと、親分は何を思い出したか、少し顔をしかめた。

「うむ、ふざけた名前だから、ありゃたぶん偽名だろうと思うがな。ま、それにしても今の綾さんの話とぴったり重なるんで、こいつはちと面白いかもしれん。いや、お手間を取らせた」

親分は立ち上がり、千吉と共にどこかへ出て行ったのである。

二

二人と入れ違いのように、幕臣らしい武家が二人入って来た。

八つ半（三時）で、今日の初のお客である。その顔を見るや、お簾は上がり框に額をすりつけて、

「おいでなさいまし、与田《よだ》様、お待ち申しておりました」

とねんごろに挨拶し、すぐお波に二階へ案内させた。

「綾さん、ちょっとお茶を出しておくれな。年忘れの宴会の打ち合わせがあるからね」

お簾は、気の張るお客に出すお茶は、お波に任せず、必ず綾に言いつけるのだ。綾はお茶の心得があるわけではないのだが、お茶にうるさかった祖母に、厳しく仕込まれていた。

おかみのこの態度からして、今の客は上客だと分かる。芸妓を呼んで宴会を開いてくれる客は、船宿の米びつである。

綾は、上等な茶葉を入れた京焼きの急須に、少し冷ましたお湯を注ぎ、揃いの茶碗

と共に盆にのせ、蒸らす時間を計りつつ座敷に上がって行った。

衝立で仕切られた一画に二人の侍が向かい合って座り、お簾がその中間の火鉢のそばに座って、炭火を加減している。

「……刺身はヒラメ、前菜は利休卵《りきゅうたまご》、吸い物は鯛《たい》と柚子《ゆず》か……。椎茸《しいたけ》の煮染めに、ほう、主菜が軍鶏鍋《しゃもなべ》か、いいのう。これ、一人ずつ小鍋で頼むぞ、寒い時は何よりだ。最後は鯛飯で、菓子が……なるほど、ふむ、料理はこれでよかろう」

与田と呼ばれた侍が、お簾の差し出した〝お品書き〟を吟味していたようだが、頷いて、もう一人にそれを回した。

次にもう一枚の紙に目を通して、言った。

「芸妓は、お絹《きぬ》、お美津《みつ》、お蝶《ちょう》……。おや、お福《ふく》はどうした、お福がおらんではないか」

「はい、せっかくのご指名でございましたが、お福はあいにく、一月《ひとつき》前から抜けられないお座敷が入っておりまして、どうしても都合がつかないそうでございます」

「それでは意味がない。お福がいなけりゃ、話にならんぞ」

「相済みません。何ぶんにも箱屋の立花屋《たちばなや》からのお話でございまして。代わりに売れっ妓のお蝶を、無理矢理にこちらに回したとのことで、どの子も選り抜きでございますよ……。それに、このあと、殿様がたは吉原へ向かわれるのでございましょう？」

「うむ、全員ではないが。会食者は九名で、吉原へ参るのは四名だ。その見送りの芸妓の中に、お福がおらねばならぬ。そうでなければ、日を替えるか、場所を替えるかしかない」

「それは……」

お簾は両手を畳につき、頭を下げた。その横顔を、綾はお茶を出しながら、ちらと見る。

この与田は、御勘定奉行下の一部門の組頭で、暮れも押し迫った一夜、幹事をつとめ、この座敷を借り切って〝年忘れ会〟を催すのである。

当日の芸妓の顔ぶれで揉めているが、どうやら与田の直属の上司である奉行が、お福を贔屓にしているようだ。この夜、芸妓の顔ぶれにそのお福を揃えれば、幹事のお手柄になるのだろう。

だがこの時期にきて、日にちを替えるなど、お互いに出来るはずはなかった。篠屋も、座敷は年内もう予約で埋まっているし、当のお福も人気の芸妓だから、年内は一杯だと聞いていたのだ。

お簾は俯いて、目を吊り上げている。

「どうだ、おかみ、何とかならぬか」

「はあ、何ぶんにもこれだけは先方次第でございまして……」

「立花屋に、もう一度交渉出来ぬのか。抜けられぬ座敷とは、町人か武家か」

「ああ、そこまでは。ともかくもう一度、立花屋に話をさせて頂きましょう。出来る限りのことは致しますから、もう少々のご猶予をお願い申します」

「頼んだぞ……」

という声を耳にして、綾は先に下に下りた。


少し遅れて下りて来るお簾を、帳場で待って、

「大丈夫ですか、おかみさん」

と綾は囁いた。お簾は、相手に気を持たせる言い方をしたのだ。

「大丈夫なわけないじゃないか！」

お簾は血相を変えていた。

「でも、ああ言わなけりゃ、あの方々は収まらないんだよ。それでなくたって、お旗本は鼻息が荒いんだ……」

言いかけて背後を振り返り、首をすくめた。

「ともかく、あたしはちょっと裏まで行って来る」

裏とは、同朋町で、立花屋はそこにあるのだ。

「行っても無理ですよ、おかみさん。お福ねえさんはもう一杯だって、こないだ聞いたじゃありませんか」

「だったらお福をさらって、土蔵に押し込めといておくれ。すぐ戻るから、ここは頼むよ」

お簾は怒気を含んだ声で言うや、襟巻きを片手に、勝手口から下駄の音も高く出て行った。


お簾は四半刻（三十分）もたたずに、戻って来た。

げっそりして青ざめたその顔つきから、このおかみも、横車は押せなかったらしいことが分かる。吉報であれば、すぐ上に駆け上がって行くだろうが、お簾は長火鉢の前にペタリと座り込んだ。

初めて気づいたふうにジロリと綾を見ると、

「ここはもういい、あちらを手伝って。ああ、その前に、お茶を一杯入れてっておくれ」

虚ろな顔つきで言った。綾はすぐに、鉄瓶に沸いている湯で手早く茶の支度をした。お簾はそれをじっと眺めていて、綾が茶碗に茶を注いで出しても、口もつけない。

「ねえ、綾さん」

少し何か考えていたが、ふと低声で言った。

「お愛はどうだろうねえ」

「え？　お愛《あい》さんて、あの……」

「そう、内田の娘……」

お愛は、両国の口入屋内田竜左右の養女である。

幼いころに、両国花火の見物に来ていて親とはぐれ、矢之倉の口入屋に拾われたという話は、お簾から聞いたものだ。

十代の半ばごろから置屋で芸妓修業を続け、もうすぐ二十歳になるという今年の半ば、初めて花柳界に登場したのである。

美人で、賢くて、おきゃんな〝江戸っ子芸妓〞が売りだった。いずれ柳橋の五本指に数えられる名妓になろう、ともう今から世評が高いのである。

「どうだろうねえって、どういうことですか。お福ねえさんの代わりにと？」

「お愛なんてまだ新米じゃないか。そんなことは出来っこないし、箱屋じゃもう、あの三方の承諾を貰っているんだ。もう動かせやしない。そうじゃなくてさ。与田様から、芸妓は三人と言われてるけど、自腹で一人加えて、四人にするんだよ」

言いながらも、半信半疑の顔つきで、冷めたお茶を啜った。

綾は、アッと思った。一体どうこの難問を解決するのかと、その結末に興味があったのだ。おかみの言わんとすることが摑めると、綾はさすが手だれだと感心した。

「ああ、お愛さん、いいですねえ！　今はお福ねえさんの方が売れっ子ですけど、すぐ追い越すんじゃないかって、評判でしょう」

「そう思うかい」

お簾は、満更でもなさそうに声が柔らいだ。

「まあ、このまま通ればもちろん結構だけどね、お武家様はメンツが第一だ、きっとご立腹なすって、予約をお取り消しになるかもしれない。この暮れにきてそんなシケた話、よしとくれだ。あたしゃ、しみったれた話は嫌いなんだよ。そのくらいなら、たとえ自腹でも、お詫びの印にとお愛を差し出した方がいい……」

「同感です。まだホヤホヤの新人ですもの、花代《はなだい》はそうお高くはないでしょうし」

「ただね、九人のお武家様のうち、偉いさんはせいぜい三人くらいだ。三人に売れっ子の芸妓が四人も……。ちと、もったいない気がするじゃないか」

「でも、土佐藩のお殿様は、たったお一人で十人以上の綺麗どころを侍《はべ》らせたとか……」

「ほほほ、あの鯨酔侯《げいすいこう》じゃ、仕方ないだろ」

初めて笑いが出て、綾はほっとした。

土佐藩主の山内容堂《やまのうちようどう》は酒豪で知られ、そんな自らを〝鯨海酔侯《げいかいすいこう》〟と称しているのは有名だった。柳橋をどこより贔屓にし、大勢の芸妓を宴席に侍らせる豪遊ぶりを発揮したから、この街では誰知らぬ者はいないのである。

「そういえば、あのお方……山内様でしたか。一度もお姿お見かけしていませんが、今は土佐にお国入りされてるんですね。幕府と薩摩長州《さつまちょうしゅう》の橋渡しにご活躍なされているとか……。そんなお方が贔屓になさった柳橋ですもの。ここは四人の綺麗どころを揃えて、気っぷの良いところお見せになったら喜ばれますよ。それにお愛さんなら、話題性もあるんじゃないですか」

「へ！　こりゃ驚いた。お前、やけに柳橋に詳しくなったじゃないか」

「いえ……」

と綾は首をすくめてみせる。台所で芋などをむいてると、物売りや配達人や薬売りなどが、ちょっと一服《いっぷく》……などと一息入れに入って来て、上がり框に腰を下ろし、いろいろな話をしてくれるのだった。

「皆様に教えて頂いて、最近は耳年増《みみどしま》になりました」

「ふふん」

とお簾は鼻先で笑い、莨に火をつける。

まだ迷っているような様子だった。御勘定奉行がご執心なのはお福なのだし、与田もそのことにこだわるだろうと。

「でも、今になってお福でなけりゃ収まらないったって、あたしは知らなかったよ。大事なことは先に言ってくれなくちゃ……」

「そうですとも。お奉行さまが、〝お福さん命〟と言いなさってるわけじゃないと思いますよ。おそらく与田様が、点数稼ぎで、そう忖度《そんたく》していなさるだけでしょう」

「そうねえ。ここはゴネ得を狙ってるのかな」

お簾は頷いて、しばし黙った。頭で算盤を弾いているらしかったが、いよいよ決心がついたらしい。

「うん、まずはあの与田様を焚きつけて、納得させることだ。それには大至急、お愛の都合を確かめなくちゃね。あたし、もう一度、裏へ行ってくるよ」

お愛の日程も詰まっていて、夕方になっても、まだその調整はつかなかった。

だがお簾は、当日の芸妓の顔ぶれは任せてほしい、決して失望させるようなことはしないと請け合って、与田を押さえ込んだ。

与田にしてもゴネてはみたものの、実は引っ込みがつかなくなっていたのである。たかが呑み会のため、上司の日程まで替えるのは難かしい。日程は替えず、店を替えるとしても、もうしかるべき船宿の予約は取りにくいし、お福が呼べるわけもないのだ。

三

与田らが帰ってから、冷たい雨になった。

その夜はいつもより早めに、千吉は傘もささず、濡れ鼠になって駆け込んで来た。

お孝が渡した手拭いで、濡れた髷や着物を拭きながら、興奮したように言う。

「とうとうやったぜ、あの怪しい男をしょっぴいたんだ。いま伝馬牢に放り込んで来たところさ」

「ええっ、あの人が、下手人《げしゅにん》と決まったの？」

そばにいた綾は、驚いて訊き直す。

「ま、ほぼ間違いねえだろうな。ああ、腹減った。まずは飯だ」

この家では、船頭や奉公人が、いつ帰って来ても食事が出来るように、棚に用意されている。千吉は自分でお盆にそれらの皿を並べた。お茶だけは、綾が入れてやる。

千吉は板の間の上がり框に腰を下ろし、遅い夕飯を頬張りながら得意そうに言った。

「おいら、簡単な人相書きを、この近くの店にバラまいてみたんだ。そしたら奴さん、さっそく引っ掛かりやがった。のこのこ酒を呑みに来たところを通報されて、親分とおいらが飛んでって、別件で同行願ったんだぜ。これお代わり」

差し出された味噌汁の椀に、お孝が汁を入れてやる。

「しかし奴さん、ふざけた野郎でさ。えらく人を食った名前を名乗りやがった。ええと、酒乱斎雷酔坊《しゅらんさいらいすいぼう》だとさ」

「酒乱斎……雷酔坊だって？　何だよ、それ」

俎板《まないた》の前に立って、せっせと包丁をふるっていた薪三郎が、聞きとがめた。

「雷も酔わすってか」

「いや、自分が酔った雷だろう」

千吉の答えに、綾は思わず吹き出した。今日の昼間、〝鯨酔侯〟の話をしていたのを思い出したのだ。

「昼間におかみさんと、クジラの話をしたばかりなのに、夜はカミナリだなんて。何だか変な日だねえ」

「そのクジラって、例の土佐のお大名のことだろ」

「この雷の方のお方は、一体何をしてるの？」

「自称、絵師だってさ」

「へえ、そんな名前の絵師、聞いたことない」

「浮世絵を描くために素描してると、本人は言ってる」

「でも、筋は一応通ってるんじゃない」

隣の部屋で何か描いていた姿を思い出し、綾は言った。

「いや、逆にそこが怪しいよ。たしかに今日も懐に、画帳を持ってた。しかし、貧乏絵師のくせに、たんまり懐中に金を持ってやがってさ。どうもうさんくせえ野郎だ」

「ふーん」

「浮世絵師なんぞと名乗って、画帳を持ち歩いてるようなやつに、ろくな奴はいねえってことだ。ま、おおかた詐欺師かコソ泥と思ったらいい。綾ねえさん、今度はお手柄だね」

「まさか。そもそもその人は、罪を認めてるわけ？」

「いや。二階で描いてたのは風景じゃねえ、カラスだっちゅうわけさ。お調べは明日から始まるから、ま、いずれ分かるさ」


夜半から雪になり、翌朝はうっすらと積もっていた。

その雪がぬかるんでまだ足元が悪い時刻、立花屋の若い衆が、尻端折りに高下駄で、お愛の返事を持って来た。

それによると、お愛はその日、上方《かみがた》の大富商のお座敷が入っていた。だが他ならぬ篠屋のおかみさんの頼みならばと、そちらは理由をつけて他の芸妓に譲り、都合をつけてくれたという。

「まあ、心ばえのいい妓だねえ。さすが内田の娘だ」

とお簾は手を打って喜び、足を汚して吉報を運んで来てくれた若衆に、心付けをはずんだ。

「おかみさんによろしく言っとくれ。お愛はこの先、悪いようにはしないって。これから、いい芸妓になるよ」

これで与田の方は何とかなる——。

お簾はやっと胸を撫でおろし、炬燵の上に算盤を持ち出して、あれこれと数字をはじき始めた。考えたいことが沢山あるのだ。

そこへ、勝手口に誰かが帰って来た。声からして、朝早く出て行った千吉だった。何がなし騒がしく、勘を働かせて聞き耳を立てていると、どうやら何かあったような様子である。

お簾は、ガラリと襖を開けて台所へ出た。煮物の匂いのたちこめる中、上がり框に座った千吉を囲むように、綾と薪三郎が腕組みして、何やら話し込んでいる。

「あ、いいいい、立たなくても。それよりどうかしたの、今日は早いじゃないか」

「さすがおかみさん……また事件が起こりやがったんすよ」

千吉が顔をしかめて言った。

「今度は柳橋の〝松柏〟で、十両近く持って行かれたそうで」

「まあ、松柏さんが！」

掛取りのために用意して帳場に置いておいた金だそうで、もう泥棒は捕まったと油断していたというのだ。

「どういうことなの。その酒乱の泥棒は、とうに捕まったんじゃなかったのかい？」

「…………」

千吉は薪三郎と顔を見合わせ、黙っている。

「その通りです、おかみさん。わたしが余計なこと言ったせいで、捕まって、ずっと牢屋の中にいたんですよ」

綾がいかにも恐縮したように言う。

「おやまあ。外に仲間がいたってこと？」

「いや、そこがはっきりしねェんです。ま、とりあえず釈放になると思いますよ」

千吉が立ち上がって言った。

「そんなわけで、これで振り出しにもどっちまった。お騒がせして申し訳ねえっす」

皆はがっかりした顔で散って行った。

四

遅い昼食を終えてから、綾はお簾に断って家を出た。

酒乱斎なる絵師に会って、謝りたいと思ったのだ。

自分のうかつな証言で、迷惑をかけてしまった。当人は篠屋をさぞ不快に思っているだろうから、しこりを残さないよう、会って謝罪したい、とお簾に申し出たのである。

「ああ、それはいいことだね。謝ってもぐずぐず言うようなら、一杯おごっておやりな」

と珍しく帯の間から一朱を二枚つまみ出し、渡してくれたのだ。

もっとも綾の本音は、そう殊勝なものばかりではない。その人物のことを千吉に聞いて、持ち前の好奇心に火がついたのである。

千吉によれば、あの男は、どうやら絵師で通っているらしい。

というのも、両国の『酒仙《しゅせん》』なる小汚い一杯呑み屋の壁に、飲み代がわりに描いた絵が、口伝えに評判を呼んでいるのだと。

千吉はまだ見ていないが、噂によれば、それは結構巧みに描かれていて、それを見に行く客もいるそうだ。

〝酒乱斎〟とは、その店で呼ばれている渾名《あだな》だった。本人もそれを気に入っていて、幾つかある号の一つに使っているという。

それを聞いた綾は、早速にも行きたくなった。伝馬牢を出されたあとなら、そう遠くはないその店に向かう可能性はある。本人に会えなくても、絵を見るだけでもいいと思った。

両国橋の手前の、もう門松《かどまつ》やしめ飾り一色になった賑やかな広小路を少し入り、角に小さな鳥居のある路地を入る。

小料理屋や酒屋、小屋がけの見世物屋がごみごみと軒を並べる奥に、『酒仙』の赤い大きな提灯が目についた。

提灯には灯が灯っているから、もう店は開けているのだろう。

暖簾を割り、しめ飾りの下がったツギハギだらけの板戸をそっと引く。中は思ったより広く、煮売り屋めいた造りで、ムッと総菜の匂いがこもっていた。

出来立てのまだ湯気をたてている煮物の大鉢が三つ、調理場と客席の間の仕切り台に並んでいる。

腰掛けがわりの酒樽が幾つか雑然と並び、壁ぎわの入れ込みは、十人以上は座れそうに広いが、客はまだ一人もいない。

綾はその板壁に目を吸い寄せられた。

その、板戸が四枚は縦に並びそうな板壁に、風神雷神《ふうじんらいじん》の絵がでかでかと描かれているのだった。隆々たる体格の風神の口からは、風が吹き出し、その風の中にさまざまな動物が舞っていた。

猪《いのしし》、猿《さる》、兎《うさぎ》、豚《ぶた》、鶏《にわとり》、蛙《かえる》……とその種類は多い。多彩な色使いで描かれ、丸まったりひっくり返ったり、それぞれの仕草も実に多様で滑稽《こっけい》だった。

（これは……！）

見れば見るほど、鳥肌がたつような生き生きした戯画である。

いつかどこかで見たことがあるような……だが思い出せず、息を呑んで突っ立っていると、声がして我に返る。

「……らっしゃい」

仕切り台の向こうに顔を出したのは、五十がらみで恰幅のいい、坊主頭に鉢巻きをした男だ。この店の主人らしい。

「今日の煮物は、筑前煮《ちくぜんに》が美味《うま》いよ」

どうやら煮売りを買いに来た女客と、間違えているらしい。

「あ、いえ、すみません、あたし客じゃないんです。こちらにこのお方、まだ見えてませんか」

と綾は壁画を指さしながら、我ながら混乱した言い方をした。すると主人はすぐに察して、苦笑気味に笑いだした。

「ああ、うん、酒乱斎のセンセイだね。ここしばらく来てねえんで、そろそろ来るころだよ」

どうやらあの絵師が、伝馬牢に捕われたことは知らないようだ。

「ただしねえさん、何の用か知らんが、あのセンセイに掛取りは無理だよ。悪いこたァ言わねえ、家はたしか湯島《ゆしま》の大根畑《だいこんばたけ》と聞いてるんで、そちらへ……」

「いえ、掛取りじゃないです。実は、あの……」

と慌てて相手を遮って、訊いた。

「どういう絵をお描きになるお方かと思って」

「あっしは学がねえんで、絵のことは知らんよ。ただ吞み代を一度も払わねえから、ちっと脅したら、その絵を描いてくれたんだ。するてえと、お客があれこれ褒めるんだ。言われてみりゃこのあっしでさえ、よく描けてるような気がしてきた。こりゃ、もしかしたら天才かもしれねえってんで、せいぜい、火事を出さんようにしておるわけよ。それ、噂をすると影……」

主人の視線を追って、ハッと振り返る。

開け放したままの入り口から、あの見覚えのある男が顔を出して覗いていた。

「えっ？　わしに謝りに来たと？」

まずは入れ込みに上がって、酒を所望し、茶碗酒を一杯あおるころ合いを見て、綾はこの訪問の理由を話したのである。

すると酒乱斎は、すでに酒気を帯びて充血した目をみはり、歯並びのひどく悪い前歯をむき出して、大声を上げた。

「よ、よしてくださいよ、そんなこたァ。何でもねえんだから。いや、むしろね、わしはほれこの通り、お礼を言わせてもらいてえと思ってます」

と逆に、深々と頭を下げるのである。

「いえね、ああいう所は、入ェりたくてもなかなか入れねえでしょう。わしは感謝しとるんですよ、いい所に入れてもらったと。おかげ様で、ふだんは見れねえ景色を、いろいろ描かしてもらいました」

「…………」

揶揄《からか》われているのかもしれないと思って絶句していると、

「ねえさん、驚くこたねえんだよ」

と主人が助け舟を出してくれた。

「この酒乱斎は、いつでも何か描いてる人で、ま、手癖みてえもんなんだ。何しろね、まだ餓鬼の時分、そこの神田川を流れてきた生首拾って、写生したって話があるくれえだ」

「えっ？」

「おいおい、親爺、そんな見て来たような話は止《よ》しにして、こちらさんに何か出してくれよ」

「あ、お構いなく、わたしはすぐ帰りますので」

だが主人は手早くお茶をいれて運んで来て、まだ喋り足りないらしく、そばに座って付け加えた。

「ともかくね、あっしのようなド素人が言うのは口はばってえが、こちらさんは写生の天才だ。いったん目にしたら、あとは見ねえで、スラスラ描けるんだから」

言いかけたところへ、ドヤドヤと客が入って来た。

「……らっしゃい」

と主人は立ち上がり、そちらへ行ってしまった。綾は首をすくめて言った。

「あのお話、本当なんですか？」

「なにが、生首の話？　ははは……」

かれは歯をむきだして、可笑しそうに笑った。

「いや、わしの師匠が、知っていなさるかどうか、国芳《くによし》てェ浮世絵師でしてね」

「国芳って、少し前に亡くなった歌川《うたがわ》派の……？」

綾は少女のころ、兄が熱心に買い集めていた国芳の武者絵を、よく見たのである。その絵師は、四、五年前に亡くなったが、その晩年に描いたおどろおどろしい浮世絵を、綾は贔屓にしていた。

この酒乱斎が、その国芳の弟子だというのか。

「そうそう、この師匠に、徹底的に写生を叩き込まれてね。まだ九つだったわしは、生首を見たとたん、滅多に見られるもんじゃねえと興奮し、しゃにむに写生したわけですよ、ははは。そうそう、今日、描いたものを見せますかね」

と思い出したように、懐から画帳を取り出した。

豆腐を二丁並べたくらいの小さなもので、しょっちゅう手にしているらしく、表紙は手垢で薄黒く汚れ、丸めるため波打って、縁がすり切れていた。

それを目の前でパラパラ開くのを、横から覗き込んだ。

そこには、囚人たちの座っている図、取っ組み合っている図、転んでいる図、看守が立っている図……などが描かれている。

いずれも一瞬の動作が、素早い筆で素描されていた。

それが実に巧みで、すぐにも動き出すように見えるのは、横の壁画に描かれている絵と同じである。

やはりどこかで見たことがある、と思いつつ絵に見とれている綾を、かれはじっと見つめ、不意に言った。

「あんたの顔、描いてもいいですか。親爺ィ、酒はまだかね」

店内は混んできていて、先ほど頼んだお代わりの酒がなかなか来ないのだった。

「まあ、嬉しい、どうぞどうぞ……」

と綾が答えた時には、もう画帳を手に取っていた。腰に下げていた矢立から筆を出すや、もう綾の顔には目もくれず、さらさらと描き始める。仕上げるのは驚くほど早かった。

筆を一気に動かしたと思うと、

「どうですかね、こんなんで……」

と笑いながら画帳を綾に渡し、主人がなかなか注文の酒を持って来ないのをぶつぶつ罵《のの》りながら、席を立って行く。

見せられたその絵を見て、綾は驚嘆した。

たぶんこんな顔だろうと想像する自分が、そこに巧みに捉えられている。もしかしたら自分が思うより、絵の方が、美人のようだ。

る。

五

ふと閃くものがあって、綾は開かれた画帳の前の部分を、おそるおそるめくってみる。

やがて、あの篠屋の二階から見た風景が出て来た。

川の向こうに、柚子亭の屋根は見えているが、たしかに川の上を一羽のカラスが渡っており、それがこの穏やかな風景に、鋭い緊張感を与えているのだった。

思わずまた次をめくる。

酒を呑み過ぎたか、平衡を失って往来に倒れそうになっている男。暖簾を割って店の中を覗いている男、石をぶつけられて飛び上がる犬……。

何枚めかで、めくる手が止まった。

そこには、地面にピタと貼り付くように踞《うずくま》っている若い男が、一筆で描かれている。どうという絵ではないが、その一瞬で捉えた風貌から、綾は一人の現実の男を想像したのだ。

男はさらに、もう一枚にも登場している。路地から出て来るところで、これもさして変哲《へんてつ》はないが、周囲に向けた目つきが鋭く、全身に緊張感が滲んでいる。

「あ、勝手にすみません。前の頁を見せて頂いています」

熱燗の徳利を手にして戻って来た酒乱斎に、綾は居住まいを正して、頭を下げた。

「ああ、構いませんよ、どうぞどうぞ」

言いながら、手酌で呑み始める。

「あの、この地面に踞っている人物ですけど、この姿勢は何をしているのですか」

「え？　ああ、これですか。ええと、うむ、どこかから飛び降りて来たんだったな。それがまた実に敏捷な男でね、猫のように身のこなしがいいんで、つい描き留めたんだが……」

どこで見たか訊くと、すぐ両国の料亭の名を上げた。

「ああ、それ、泥棒に入られた店ですね」

「…………」

「ちなみにこの人、どこから飛び降りて来たんですか？」

「…………」

相手が答えないので、上目使いに見ると、目が合った。綾の考えていることを察したらしく、面白そうに目が笑っている。

「うーむ、なるほど。いや、たしかにこの男は怪しいなあ」

と酒乱斎は、今さらのように頭を掻いた。

「実は、奴さん、二階の窓から飛び降りて来たんですよ」

「えっ、二階から？」

「わしはそれを、厠の窓から見ておってね、着地した姿勢が実にあっぱれなんで、厠から出てすぐ、描き留めたんですわ。なぜそんな所から……なんぞと考えもせず、いい絵が描けたと思ってねえ……」

と顔をしかめ、酒をあおった。

「いや、わしも相当うかつな男ですなあ。泥棒の疑いで牢にぶち込まれたのに、この誰でも疑う怪しい男のことなんぞ、思い出しもしねえんだからねえ」

「でも、ちゃんと絵の中に捕まえて、閉じ込めてくださったじゃないですか」

思わず綾が言うと、酒乱斎は特徴ある前歯をむきだしにし、声を上げて笑った。

酒乱斎の筆で捉えられた絵の中の男から、綾は一人の男を思い出していた。三味線
「ややっ、そうなりますか！　なるほど、うまいこと言いなさるねえ」

箱屋は芸妓の用心棒を兼ねているので、その多くは武芸の心得のある、屈強だが食
を持って芸妓の送り迎えする、〝箱屋〟と呼ばれる男衆である。

い詰めた浪人者だった。

篠屋にも何度も来ていた。

芸妓が座敷を終えるより少し早く迎えに来て、台所に続く上がり框に腰掛けて待っている。奉公人とも気軽に喋っていくから、その少し険《けん》のある顔も、痩せてしなやかな体格も、〝安《やす》さん〟と呼ばれる名も、自然に覚えていたのである。

「この人、ほら、ここにも出て来ます。同じ人物ですね」

綾は、はやる気持ちを押さえて言った。

「いつ、どこで見たか、思い出せますか？」

「ええ、そりゃ……」

絵師は絵と綾を見比べて、大きく頷く。

「もし岡っ引の親分さんが話を聞きに来たら、今お聞きしたこと、すべて話して頂けますか」

「そりゃ、もちろんですとも。あんたが教えてくれなきゃ、わしは、泥棒を描いたことも知らねえ、ただのとんまなオッサンだったわけですからね」

綾は改めてお詫びのしるしにと、お簾から預かった金を心付けとして渡した。

「いや、これじゃ何だか悪いねえ。そうそう、お礼のしるしに、このあんたの絵を持って行きなさらんか」

「まあ、頂けるんですか？」

酒乱斎は上機嫌で頷き、また矢立から筆を出して、絵に署名を入れてくれたのである。

綾は、飛び立つ思いで店を出た。

それから数日後に、箱屋の〝安さん〟は、藤枝同心と亥之吉親分によって御用となった。安さんは、芸妓から聞く噂話や、その送り迎えの合間に、料亭などの待ち部屋で耳にする数々の裏話から、店の裏情報に通じるようになったのだ。

水戸《みと》藩を脱藩して江戸に出て来たものの、おいそれと仕事はなく食い詰めていた。さらに桜田門外の事件以来、水戸出身の攘夷派は何かと肩身が狭く、世間から身を隠すようにして、武術の腕を頼りに生きてきた。その結果だったらしい。

件《くだん》の〝年忘れ会〟も、美しく着飾ってきたお愛の美貌と愛嬌のおかげで、上々の出来映えだった。お簾はおかみとして株を上げ、お愛の評判も日々高まった。

ただし綾は配膳の忙しさにかまけ、その白い花のような顔を、遠くからチラと垣間見ただけだった。

　ところで絵の署名である。

　そこには酒乱斎ではなく〝狂斎《きょうさい》〟とあったのだ。

「狂斎……？」

　実は綾はその署名を見て、わが目を疑った。

　それは〝河鍋《かわなべ》狂斎〟のことではないだろうかと。兄の浮世絵蒐《しゅう》集《しゅう》の中で、その名は記憶の中に鮮やかに刻まれている。

　そうだった。自分が見た覚えがあると思うのは、たしか若狭屋から出版された、〝狂斎百図《ひゃくず》〟に描かれた戯画だったのだ。

　だがまさかあのいかがわしい酒乱斎が、知る人ぞ知るこの絵師の別名とは、思いもよらなかった。あの時は疑念を抱きながらも、本人に何も問わずに帰った。

　しかしその後、画帳から破いて渡してくれた絵を見るたびに、その確信は深まっていく。

　これだけ描ける絵師は、この河鍋狂斎しかいないと。

　狂斎が〝暁斎《きょうさい》〟になった時、綾はまた、あの〝酒仙〟で会った酒乱斎を、しみじみ思い出すことになるが、それはずっと後のことである。

時代小説

二見時代小説文庫

柳橋《やなぎばし》ものがたり　船宿《ふなやど》『篠屋《しのや》』の綾《あや》

著者　森《もり》　真《ま》沙《さ》子《こ》

発行所　株式会社　二見書房
東京都千代田区神田三崎町二－一八－一一
電話　〇三－三五一五－二三一一［営業］
〇三－三五一五－二三一三［編集］
振替　〇〇一七〇－四－二六三九

印刷　株式会社　堀内印刷所
製本　株式会社　村上製本所

落丁・乱丁本はお取り替えいたします。
定価は、カバーに表示してあります。

 ISBN978－4－576－18138－7
http://www.futami.co.jp/